김문형 新무협 판타지 소설

FANTASTIC ORIENTAL HEROES

실명무사 1

김문형 新무협 판타지 소설

초판 1쇄 찍은 날 § 2019년 4월 19일
초판 1쇄 펴낸 날 § 2019년 4월 26일

지은이 § 김문형
펴낸이 § 서경석

총괄팀장 § 최하나
편집책임 § 신나라

펴낸곳 § 도서출판 청어람
등록번호 § 제387-1999-000006호
등록일자 § 1999. 5. 31
어람번호 § 제2-2782호

주소 § 경기도 부천시 부일로 483번길 40 서경B/D 3F (우) 14640
전화 § 032-656-4452 팩스 § 032-656-4453
http://www.chungeoram.com
E-mail § chungeorambook@daum.net

ISBN 979-11-04-91976-3 04810
ISBN 979-11-04-91975-6 (세트)

1

실명 무사

김문형 무협 판타지 소설

FANTASTIC ORIENTAL HEROES

序

대명(大明)의 수도, 북경(北京).

천자(天子)가 기거하는 황궁(皇宮)이 있는 이곳은, 고관대작의 가마와 상인 무리의 행렬로 거리가 한산할 때가 없었다.

그 북경의 거리를 남쪽으로 삼십 리쯤 내려가면 한 저택이 있었다.

저택의 규모는 상당했다. 붉은 벽돌을 쌓아 올린 담벼락은 이 장(丈) 높이로 우뚝 서 있어서 안이 들여다보이지 않았다. 저택 외곽을 걸어서 한 바퀴 도는 데만 해도 반 시진이 족히 걸릴 정도였다.

황궁을 제외하면 아마도 북경에서 가장 크고 으리으리한

저택이었다.

저택의 중문(中門)을 넘어서면 나오는 대청.

그곳에 수십 명의 시위들이 좌우 이 열로 늘어서서 길을 만들었다.

대청 위에는 용포(龍袍)를 걸친 남자가 대좌에 앉아서 사람들을 내려다보고 있었다.

황궁이 아닌 저택에서 용포를 걸치고 있는 남자. 그의 신분이 천자의 아들인 황자(皇子)임을 쉽게 알아볼 수 있는 모습이었다.

황자가 카랑카랑한 목소리로 말했다.

"급히 고한다는 말이 무엇이냐?"

시위 하나가 대청 아래에서 무릎을 꿇으며 대답했다.

"신, 아뢰옵니다. 황궁에 망자(亡者)가 숨어 있다고 합니다."

"망자? 그게 무어냐?"

황자가 고개를 갸웃거리며 묻자 시위가 설명했다.

"죽은 시체가 되살아난 것을 망자라고 부릅니다."

"시체가 살아난다고? 강시를 말하는 것이냐?"

황자가 피식 헛웃음을 터뜨렸다. 그리고 강시를 흉내 내듯 두 팔을 앞으로 뻗어서 위아래로 흔들었다.

"강시가 아니라 망자이옵니다! 강시는 도사가 사술을 부려 시체를 움직이는 것이지만, 망자는 일단 한 번 죽은 시체가 다시 되살아난 것을 말합니다."

시위가 목소리를 높이며 말을 이었다.

"망자는 강시와 달리 살이 썩지 않고 생전의 모습을 유지해서 겉으로 봐서는 보통 사람과 구분할 수 없다고 합니다. 또한 망자의 몸속에는 혈선충(血蟺蟲)이 있는데, 망자와 접촉해서 혈선충에 감염되는 자 역시 망자가 된다고 합니다. 망자를 이대로 방치하면 천하가 그들의 손아귀에 들어갈 것입니다!"

그 말에 황자가 대좌에서 벌떡 일어섰다.

"뭣이? 천하를 노린다고?"

황자의 표정이 대번에 흉흉해졌다. 그가 검지로 시위를 가리키며 일갈했다.

"네놈, 그 말이 사실이냐? 지금 반역의 무리를 고하는 것이렷다?"

"……."

시위의 얼굴빛이 창백해졌다.

천자에 대한 반역. 구족을 멸해야 마땅한 죄를 너무 쉽게 입에 담은 것이 실수였다.

시위가 바닥에 고개를 바싹 조아렸다. 침을 꿀꺽 삼키는 소리가 옆에 늘어선 시위들에게 들릴 정도였다.

"그게 아니라 신은 망자가 그만큼 위험하다는 말씀을 드리려고……."

"그럼 반역 음모는 아니라는 말이냐?"

"네, 아직은……."

"무어라? 지금 누구 앞에서 이랬다저랬다 하는 것이냐!"

황자가 펄펄 뛰며 소리쳤다.

"반역을 입에 담았다가 금세 아니라니? 게다가 죽은 시체가 되살아난다고? 네놈이 심히 내 정신을 어지럽히는구나! 여봐라, 저놈을 당장 끌어내서 목을 쳐라!"

"저, 전하! 신이 중죄를 지었으나 목숨만은……."

"듣기 싫다!"

황자가 수좌(首座)로 보이는 시위를 쳐다보자 그가 목례하며 말했다.

"명을 받들겠습니다."

수좌가 고갯짓을 하자 시위들이 몰려들었다. 그리고 절도 있는 동작으로 형자(刑者)를 포위한 다음 대청 밖으로 호송했다. 졸지에 목이 떨어지게 된 시위는 황망한 눈을 한 채 힘없이 끌려갔다.

황자가 대좌에서 몸을 돌리며 말했다.

"더는 볼일이 없겠지? 나는 들어가겠다."

그 말을 끝으로 황자는 용포를 휘날리며 대청에서 퇴장했다.

수좌는 그 모습을 보며 한숨을 쉬었다.

북경에서 가장 조심해야 될 것은 바로 세 치 혀였다. 그런데 황자 앞에서 함부로 반역을 입에 담다니? 시위가 캐낸 정보가 얼마나 대단한지는 모르나, 스스로 명줄을 재촉한 것이나 다름없었다.

게다가 지금은 상황이 너무 나빴다.

수좌는 묘령의 여인이 황자의 방에서 기다린다는 사실을 알고 있었다.

황자는 눈독 들인 여인이 있으면 낮밤 가리지 않고 당장 방사를 치러야 되는 성정이었다.

방사 직전 몸이 달아오른 사내에게 고언(苦言)이 들릴 리 없다. 하물며 세상 천하 무서울 게 없는 황자의 신분이니 말해 무엇하랴.

결국 아까운 세작의 목만 달아나고 만 것이다.

수좌는 혀를 차면서 시위들을 물렸다.

대청에서 퇴장한 황자는 긴 복도를 걸어갔다.

복도가 끝나자 장원(莊園)이 나왔다. 그는 시위와 시녀를 물린 다음 혼자서 장원을 가로질렀다. 그리고 외진 곳에 위치한 별관으로 들어갔다.

별관에는 젊은 여인이 그를 기다리고 있었다.

"늦으셨군요."

여인은 청수한 차림새였다. 또한 얼굴은 웃고 있으나 눈매에 날카로운 안광(眼光)이 서려 있었다. 첩이나 기녀의 신분이 아닌, 강호의 인물인 듯했다.

황자가 말했다.

"세작이란 놈이 황궁에 강시가 있다며 헛소리를 하더군. 그 바람에 늦었다."

여인의 아미(蛾眉)가 요염하게 꿈틀댔다.

"강시라고요? 어느 세상인데 강시 따위를 믿으란 말입니까?"

"누가 아니래냐."

황자가 눈살을 찌푸리며 맞장구쳤다. 그러다가 무슨 생각인지 씨익 미소를 지었다.

"실은 지금 이 방에 강시가 있지."

"네? 어디 말이신지요?"

"바로 여기 말이다!"

황자가 여인의 손목을 붙잡아서 자신의 가랑이 사이에 갖다 댔다.

"이거야말로 절대 고개 숙이는 법이 없는 뻣뻣한 강시가 아니더냐? 크하하하!"

여인의 얼굴이 대번에 붉게 물들었다.

하지만 강호인인 만큼 여인의 대응도 재빨랐다.

여인은 손목을 빙글 돌려서 황자의 팔을 붙잡았다. 그리고 황자의 팔을 가슴 쪽으로 밀어붙인 뒤 그 기세를 이용해서 손목을 빼냈다. 금나수의 수법이었다.

"제법이구나. 감히 내게 반항하는 것이냐?"

황자가 매섭게 여인을 노려보다가 피식 웃었다.

"하긴 네년을 불러온 이유도 이래서지. 시녀들은 너무 순순해서 재미가 없으니까."

여인도 진정이 됐는지 다시 요염하게 미소를 지었다.

"성정이 급하시군요. 먼저 약조를 받아야겠습니다."

"무슨 약조?"

"무림맹과 구대문파를 저희 문파가 접수하도록 도와주시겠다는 약조 말입니다."

"내 말을 못 믿는가? 나는 천자의 아들이다!"

황자가 버럭 소리쳤다. 그러다가 곧 분노를 지우면서 말했다.

"좋다. 네년의 문파가 중원을 접수하는 데 내 힘써주마."

"중언(重言), 믿겠습니다."

"그럼 벗겨보아라."

황자가 두 손을 허리에 짚고 몸을 앞으로 내밀었다.

여인은 침을 꿀꺽 삼켰다.

중원에서 두려울 게 없는 구대문파의 제자. 그러나 아무리 무공이 고강하다고 해도 여인은 여인이었다. 남녀 간에 비밀스러워야 하는 방사를 노골적으로 들이대는 황자 앞에서 아직 방년(芳年)인 여인이 주저하는 것은 당연했다.

곧 여인은 결심을 굳혔다.

여인이 무릎을 꿇고 앉았다. 그리고 황자의 바지를 벗기려고 섬섬옥수를 뻗었다.

그런데 황자가 이상한 말을 했다.

"아니. 그거 말고 이걸 벗기란 소리다."

여인은 영문을 몰라서 고개를 들었다.

"네? 무슨 말씀이신지……."

순간 여인의 입이 딱 벌어졌다.

황자가 벗은 것은 의복이 아니었다.

그가 깨끗이 잘린 자신의 목을 두 손으로 집어서 어깨 위로 천천히 들어 올렸다.

"오랜만에 벗으니 시원하군."

황자가 여자의 얼굴에 자신의 목을 들이댔다.

황자의 잘린 목에 뚫려 있는 일곱 개의 혈(穴).

눈과 코와 입과 귀의 구멍에서 수백 다발의 혈선충이 뿜어져 나와 여자의 얼굴 위로 쏟아졌다.

쐐애애애액!

1장.

기관진식(機關陣式) 방 탈출

강호의 정리(情理)는 땅에 떨어졌다.

왕이 신하를 속이고, 스승이 제자를 속이고, 부모가 자식을 속였다.

역으로 하극상을 일으키는 자들 또한 숱했다.

아무도 믿을 수 없는 세상.

강호인들은 자신을 지키기 위해 무공을 수련했다.

그러나 세(勢)가 커질수록 무공은 이(利)를 얻는 수단으로 바뀌었다.

이제 강호인들은 세를 불리기 위해 경쟁했다. 문파는 속성으로 무공을 가르쳐서 제자를 모았고, 세가는 정략결혼으로 혈연을 넓혔다.

선을 행하기보단 자신의 욕망을 추구했다.

악을 멸하기보단 자신과 생각이 다른 자를 악이라 칭했다.

사람답게 살려고 하는 자는 모두의 비웃음거리가 되었다. 남의 뒤통수를 잘 치는 자일수록 모두의 부러움을 샀다.

선비가 부(富)를 좇고, 중이 육(肉)을 즐기며, 도사가 성(性)을 탐했다.

사람과 사람 간의 진심, 인간으로서의 도리는 사라진 지 오래였다.

강호(江湖).

강과 호수, 즉 세상 만천하라는 뜻.

그나마 강호에서 밝은 햇빛을 쬐고 맑은 물을 마실 수 있는 자들은 운(運)이 좋은 것이었다.

한줄기의 빛도, 한 방울의 물도 없는 강호도 존재했기 때문이다.

지금 이 남자가 있는 곳처럼.

한 남자가 지하 깊은 곳에서 정신을 잃은 채 쓰러져 있었다.

지하는 바로 눈앞도 잘 보이지 않을 만큼 어두웠다. 이상한 냄새가 코를 찔렀고, 공기는 습기가 차서 후덥지근했다. 대역죄를 지은 사형수나 마교의 우두머리를 가두는 감옥도 이곳보다는 쾌청할 것이다.

단지 바닥 한쪽에 작은 기름불 하나가 방을 밝히고 있었다. 만약 기름불마저 없었다면 방은 한 치 앞도 볼 수 없는 암흑이었으리라.

사람이 살 수 없는 무저갱(無底坑).

그런데 쓰러져 있는 남자의 모습이 어딘가 모르게 괴이했다.

그는 청포를 걸치고 두건을 쓰고 있었는데, 청포 속에 비치는 호리호리한 몸은 무공을 익힌 강호인이라고 보기 힘들었다. 또한 여인이 분칠을 한 것처럼 새하얀 얼굴은 감옥의 죄인과 거리가 멀어 보였다.

평생 골방에 틀어박혀서 글만 읽은 백면서생의 몰골이었다.

청수(淸秀)한 외모의 서생이 지하 감옥에 갇혀 있다는 것은 누가 들어도 고개를 갸웃할 일이었다.

하지만 반대로 생각하면 이곳에 가장 어울리는 자일 수도 있다. 세상의 억울한 자가 모두 모여 있는 곳이 바로 감옥이라는 말도 있지 않은가.

남자가 몸을 꿈틀거리며 신음했다. 정신이 돌아오는 것이었다.

"으으음······."

그때였다.

[눈을 떠라.]

머릿속에 낯선 목소리가 전해졌다.

남자는 억지로 눈을 뜨려 했다. 하지만 눈꺼풀이 돌덩이라도 매달린 것처럼 무거웠다.

그가 몸을 뒤척이고 있자 다시 목소리가 들렸다.

[이 호로 자식아, 눈 뜨라니까!]

얼떨결에 욕설을 들어서인지 번쩍 눈이 뜨였다.

[역시 강호 놈들은 쌍욕을 처먹어야 말을 듣는다니까, 후후후.]

남자는 천천히 몸을 일으켰다. 그리고 주위를 둘러보다가 깜짝 놀라고 말았다.

[여기가 어디지?]

지금 자신이 있는 곳은 폭이 이 장도 안 되는 좁은 방이었다.

방은 사방의 벽은 물론, 천장과 바닥까지 단단한 돌로 되어 있었다. 게다가 밖을 볼 수 있는 창문은커녕 침상이나 탁자하나 없었다.

돌벽으로 사방이 막힌 어두컴컴한 방.

그것이 뜻하는 것은 하나였다.

감옥.

하지만 자신이 무슨 죄를 지었길래 감옥에 갇혀 있는 건지 기억이 나지 않았다.

그때 다시 목소리가 들렸다.

[억울하냐? 누구는 죄를 지어서 여기 들어온 줄 아냐?]

[…….]

남자는 이제 목소리의 정체를 알아차렸다.

그것은 전음이었다.

전음(傳音)은 강호인이 목소리에 내공을 실어서 상대방에게 전하는 수법이었다.

목소리가 전음이라고 생각한 이유는 두 가지였다.

첫째, 목소리가 귀로 들리지 않고 머릿속에 울려 퍼지는 것처럼 느껴졌다.

둘째, 방에는 지금 자신 말고 아무도 없었다.

즉, 돌벽 너머 어딘가에서 전음을 보내고 있다는 증거였다.

그런데 한 가지 괴이한 점이 있었다.

바로 목소리의 주인이 '억울하냐?'라고 물었던 것이다.

남자는 의아했다. 자신이 무슨 생각을 하는지 어떻게 알고 있는 것일까?

그러자 목소리의 주인이 마치 대답을 하듯 전음을 보냈다.

[궁금하냐? 그럼 문을 열고 이쪽으로 와라.]

그 말에 남자는 침을 꿀꺽 삼켰다.

이것으로 분명해졌다. 목소리의 주인은 상대의 생각을 읽는 능력을 가진 자였던 것이다.

게다가 한 가지 사실을 더 짐작할 수 있었다.

천박한 말투와는 달리 목소리는 의외로 미성(美聲)이었다.

목소리의 주인이 불혹(不惑)을 넘지 않은 사내라는 뜻이었다.

남자는 사내에게 말을 걸려 했다. 하지만 오랫동안 정신을 잃고 있었는지 목이 잠겨서 소리가 나오지 않았다.

순간 남자가 자기도 모르게 전음을 보냈다.

[당신은 대체 누구요?]

남자는 깜짝 놀랐다. 전음을 보낼 수 있다는 말은 자신 역시 강호인이란 뜻이 아니고 무엇이겠는가?

사내가 대답했다.

[한 번 말해서 못 알아들으니 귓구멍을 판관필로 뚫어주랴? 궁금하면 문을 열고 오라니까!]

거칠기 짝이 없는 말투.

남자는 굳이 사내가 있는 곳으로 가고 싶은 마음이 없었다.

그러나 여기는 감옥이다. 사내 역시 다른 감방에 있는 신세겠지만, 영문도 모른 채 독방에 혼자 갇혀 있는 것보다는 나을 거라는 생각이 들었다.

남자는 고개를 들고 문을 찾았다.

그런데 사방의 벽을 차례로 돌아보다가 입을 딱 벌리고 말았다.

문이 없었다.

그랬다. 사방 어디에도 문이 보이지 않았다. 벽면은 물론 천장도 바닥도 한 면 전체가 통째로 된 돌벽으로 이루어져 있었다.

남자의 얼굴빛이 창백해졌다. 돌벽으로 된 방에 갇혀 있는데 문이 없다니? 그럼 처음 이 방에는 어떻게 들어왔다는 말인가? 이보다 더 괴이한 얘기는 강호인 그 누구도 들어보지 못했으리라!

그때 남자의 생각을 비웃듯이 사내가 말했다.

[그것보다 괴이한 일 많다, 이 샌님아.]

[…….]

[됐고, 문이나 열어라.]

사내의 전음에, 남자도 전음으로 대화하기 시작했다.

[여기는 벽밖에 보이지 않는데 무슨 문을 어떻게 열란 말이오?]

[우주 삼라만상의 모든 것은 눈에 보이는 것과 다르다. 어떤 말코 도사가 툭하면 하던 소리지. 문이 없는 게 아니라 네놈이 보지 못할 뿐이다. 잘 찾아보면 문, 아니, 벽을 열 방도가 있을 거다.]

남자는 할 말이 없어서 침음했다.

[벽을 어떻게 열 수 있냐고 묻는 거냐? 상전벽해(桑田碧海), 즉 뽕나무 밭도 푸른 바다로 바뀌는 세상인데 벽이 문으로 되어 있다고 해서 이상할 건 없지.]

사내가 킬킬거리며 말을 이었다.

[답은 기관진식이다.]

[기관진식(機關陣式)?]

[그래. 여기는 평범한 감옥이 아냐. 방에 설치된 기관진식을 풀 수 있는 자만 드나들 수 있도록 만든 곳이라고.]

남자는 고개를 갸웃거렸다. 사내의 말은 들으면 들을수록 믿기 힘들었다.

[왜 그런 짓을 하지? 그냥 문을 만들고 자물쇠를 채워도 다른 이는 나가지 못할 것이 아니오?]

[그걸 왜 나한테 묻냐? 하지만 대답은 해주지. 자신만 오갈 수 있는 비밀 장소를 원하는 놈들이 이런 곳을 만든다.]

[비밀 장소?]

[그렇다. 겉으로는 무공을 모르는 척하면서 밤에 몰래 나가 강호를 횡행하는 위선자나, 정인(情人)과 비밀리에 밀회할 장소를 찾는 도사가 이런 장소를 만드는 놈들이다. 또는 목숨만 살려두고 손발을 묶어두길 원하는 자들을 가둘 때 이런 곳을 사용하기도 하지.]

남자는 그 말을 듣고 고개를 끄덕였다. 사내의 말은 믿기 힘든 구석이 있었지만, 앞뒤가 잘 맞아서 논리에 어긋나는 부분이 없었기 때문이다.

그런데 사내가 뜻밖의 말을 꺼냈다.

[하지만 여기는 그런 이유로 만든 곳이 아냐.]

[그럼 무슨 이유로?]

[여기는 놈들이 사는 곳이다.]

[놈들? 어떤?]

[빛을 싫어하는 놈들. 밝은 곳을 피하고 음지(陰地)로 숨어드는 습성을 가진 놈들.]

사내의 말은 갈수록 이해하기 힘들었다.

사람이라면 누구나 밝은 햇빛 없이는 살 수 없다. 그런데 빛을 싫어한다고? 남자는 사내가 말하는 놈들이 '빛을 피해야 되는 병환을 앓는 자들'이 아닐까 생각했다.

[병환을 가진 자들 얘기요?]

[병환? 그것도 맞는 말이군. 따지고 보면 놈들도 병자(病者)라고 할 수 있으니까. 한데 강호에서는 놈들을 부르는 다른 말이 있지.]

[그게 뭐요?]

[망자다.]

[망자(亡者)…….]

남자는 강호에 파다하게 퍼진 망자에 대한 소문을 들어본 적이 있었다.

서장의 구륜사(九輪寺)가 중원에 침범했을 때 흑랑성이란 문파가 무림맹을 도와 구륜사를 물리쳤다는 얘기는 강호의 모든 이가 익히 아는 사실이었다.

하지만 이후 흑랑성은 무림맹에 의해 멸문(滅門)당하고 말았다. 흑랑성에서 죽은 시체가 다시 살아나고 있다는 소문 때문이었다.

그 되살아난 시체를 일컫는 말이 바로 망자였다.

그러나 망자를 직접 봤다는 사람은 찾기 힘들었다. 소문은 퍼지는데 물증이 없다 보니 망자에 대한 얘기는 시시한 이야 깃거리 취급을 받았다. 결국 망자 소문은 버릇없는 아이들을 혼내줄 때나 쓰게 되었다. 말 안 듣는 아이는 망자가 잡아간 다는 식으로.

남자가 물었다.

[그런 뜬소문을 믿으란 말이오?]

[믿든 말든 네 자유다. 하지만 이것만은 알아둬라.]

[무엇 말이오?]

[개나 소나 망자 얘기를 알고 있다면 진실은 둘 중 하나라 는 뜻이다. 하나는 네 말대로 뜬소문.]

[다른 하나는?]

[실제 상황은 사람들이 알고 있는 것보다 훨씬 심각하다는 거지.]

[심각하다고? 그게 무슨 뜻이오?]

[망자는 원래 흑랑성 밖으로는 나오지 못했다. 그런데 지금 은 다들 망자 얘기를 떠들고 있지 않냐? 사람들 틈에 망자가 숨어든 지 이미 오래되었다는 소리이다.]

[……]

남자는 다시 침묵했다.

사내의 말은 처음부터 허황되게 들렸지만, 그중에서 지금 얘기가 가장 믿기 힘들었다.

그런 남자의 생각을 읽었는지 사내가 말했다.

[못 믿겠다고? 여기가 바로 망자가 있다는 증거다.]

[이 감옥이 말이오?]

[그래. 망자는 종류가 다양하다. 겉모습만 봐서는 사람과 하나도 다를 게 없는 놈들이 있는가 하면, 인간과 마주치면 달려들어서 물어뜯는 혈귀(血鬼)도 있지. 해서 만든 게 흑랑성이다. 흑랑성에는 곳곳에 기관진식 함정이 있어서 망자가 밖으로 나가는 것을 막았지. 바로 이곳처럼.]

그 말에 남자가 깜짝 놀라며 물었다.

[당신은 누군데 흑랑성에 대해 그리 잘 알지? 흑랑성에 잠행(潛行)한 적이라도 있소?]

그러자 사내가 싸늘한 웃음을 터뜨렸다.

[하! 무슨 개소리냐? 내가 미쳤다고 흑랑성에 잠행할까!]

사내의 반응이 날카로웠다.

흑랑성에 대해 누구보다 잘 알고 있으면서, 동시에 흑랑성을 끔찍이 저주하는 사내.

남자는 사내의 정체가 궁금했다.

어쨌든 한 가지 사실은 알 수 있었다.

[그럼 당신은 억지로 흑랑성에 끌려갔던 것이오?]

[그놈, 머리 하나는 쓸 만하군.]

사내가 잠시 침음하다가 말을 이었다.

[그 잘난 머리로 기관진식을 풀고 이쪽으로 와라.]

[⋯⋯.]

남자는 대답을 망설였다. 사내의 말투와 지금까지 한 얘기로 보아, 왠지 그와 가까이 하면 흉(凶)이 있을 뿐 복(福)은 없으리라 생각되었기 때문이다.

주저하던 남자가 입을 열었다.

[내가 왜 그쪽으로 가야 하오? 그럴 이유라도 있소?]

[그나마 네놈이 제정신이 박힌 것 같아서다. 여기 있는 놈들은 하나같이 미쳤거든.]

[혼자 있는 게 아니오?]

[그래. 재수 옴 붙었지.]

[어떤 자들이길래⋯⋯. 문파의 사형제라도 되오?]

[이놈들이 사형제라고? 차라리 저승사자를 동문으로 삼겠다!]

사내가 소리쳤다. 버럭 화를 내는 걸 보니 같이 있는 자들이 어지간히 싫은 모양이었다.

[나를 도와라. 그러면 여기서 탈출해 목숨은 건질 수 있게 해주마.]

[⋯⋯.]

남자는 사내가 명문정파의 사람이 아닐 거라고 추측했다. 하는 말로 보아 흑도(黑道)나 사파(邪派)의 무리가 분명했다. 그렇다면 사내를 도와서 이곳을 나간다고 해도 별로 좋은 일은 없을 것이다.

남자는 일단 사내의 반응을 떠보기로 했다.

[싫다면?]

[할 수 없지. 다만 이것만은 알아둬라.]

[무엇이오?]

[시간이 없다. 곧 생원(生員)이 올 거다.]

[생원? 글 읽는 선비 말이오?]

[말귀를 못 알아듣는군. 생원이란 서생원(鼠生員), 즉 쥐새끼란 뜻이다.]

[쥐새끼?]

남자는 사내가 자신을 놀리는 것이라 생각했다.

[이런 지하에 쥐가 있는 게 뭐 그리 대단한 일이오?]

[휴우, 네놈도 강호인 맞냐? 내가 한 말은 흑화(黑話)다. 흑도에서 쓰는 은어란 말이다. 생원이란 사형을 집행하는 형리(刑吏)라는 뜻이라고!]

[형리? 여기는 감옥이 아니라고 했잖소?]

[비밀리에 행동하는 형리다. 아니, 살수(殺手)라고 하면 알아듣겠냐?]

남자는 정신이 번쩍 들었다.

[살수가 온다고?]

[그래, 이 호로 자식아. 살수가 우리 목을 베러 올 거다.]

사내가 일갈했다.

[오늘 밤 해가 지자마자 바로!]

해가 지면 살수에게 목이 떨어질 것이다.

사내의 말은 강호인이라면 누구도 무시해 버릴 수 없는 경고였다.

남자가 물었다.

[그걸 어떻게 아시오?]

[목을 베면 망자로 만들기 쉽기 때문이지.]

사내의 말투에서 조롱하는 기색이 사라졌다. 그가 진지해졌다는 뜻이었다.

[밤이 되면 지하에서 잠자던 망자들이 깨어날 거다. 그 전에 여길 나가지 못하면 우리도 망자가 될 게 뻔해.]

[싸우면 되지 않소?]

갑자기 사내가 광소(狂笑)를 터뜨렸다.

[크하하하! 싸워? 망자를 상대로?]

[그렇소.]

[망자가 하나둘인 줄 아냐? 수백 수천이 넘는 망자를 상대로 싸운다고? 게다가 놈들은 죽지도 않는데? 손과 발을 잘라 내도 목만 붙어 있으면 물어뜯으려고 달려드는 놈들을 무슨 수로 상대하겠다는 말이냐?]

[······.]

[네놈이 어디 갇혀 있는지 잊었냐? 사방을 봐라. 물과 음식을 넣어주는 구멍 하나 없지. 우리는 감옥에 갇힌 죄수만도

못한 처지다. 그런데 굶주리면서 망자랑 싸우겠다고? 지나가던 개가 웃겠다!]

남자는 말문이 막혀서 침음했다.

사내의 말투는 듣기에 기분이 나빴지만, 그의 말이 사실인 것은 분명했다. 아니, 사실이기 때문에 더욱 심기를 불편하게 만드는 것일지도 몰랐다.

남자는 사내의 말에 따라 일단 방을 탈출하자고 생각했다.

방 너머에 어떤 흑도의 무리가 기다리고 있을지 알 수 없었다. 그러나 여기 있어도 상황이 나아지지 않는다는 것은 마찬가지였다. 기름불이 꺼지는 순간 사신(死神)이 찾아올 테니까.

그러나 곧 남자는 한숨을 쉬며 중얼거렸다.

"기관진식?"

생전 들어본 적도 없는 기관진식을 자신이 무슨 수로 파훼한다는 말인가?

사내가 전음을 보냈다.

[걱정 마라. 네놈은 기관진식을 풀 능력이 있어 보이니까.]

[……]

사내의 말은 여전히 듣기에 거슬렸다.

어떤 생각을 하면 당장 맞장구를 치는 사내. 자신의 머릿속을 누군가가 훤히 들여다보고 있다고 생각하니, 기분이 이상한 것도 당연했다.

남자는 꺼지지 않게 조심해서 기름불을 들었다.

그때만 해도 그는 사내의 말을 반은 믿고 반은 의심했다. 사방이 거칠고 투박한 돌벽으로 막혀 있는데, 무슨 기관진식이 있다는 말인가?

그런데 기름불을 들어 돌벽을 살피는 순간, 남자의 두 눈이 크게 뜨였다.

눈앞의 돌벽에 일 척(尺) 길이의 쇠자루들이 박혀 있는 게 아닌가?

[이건……?]

[그게 바로 기관진식이다.]

남자는 잠시 침음한 채 돌벽을 바라봤다.

거친 돌벽에 깊숙이 박혀 있는 쇠자루들. 자연적으로 이런 상태가 생길 리 없으니, 누군가 일부러 만들어놓은 게 틀림없었다.

이곳이 '기관진식 방'이라는 사내의 말은 사실이었던 것이다.

남자는 돌벽으로 다가가 기름불을 바싹 들이댔다.

기관진식의 모양은 뜻밖에도 단순했다. 일 척 길이의 쇠자루가 가로로 두 개씩 세 줄을 만들며 박혀 있고, 세로 역시 두 개씩 세 줄을 만들며 박혀 있었다. 즉 열두 개의 쇠자루가 밭전(田) 자 모양으로 박혀 있었다.

또한 바로 옆에 밭전 자가 하나 더 있었다. 밭전 자 하나에 쇠자루 열두 개씩이니, 도합 스물네 개의 쇠자루가 박혀 있는 것이었다.

밭전 자 두 개가 나란히 있는 모습(田田)의 기관진식.

[내가 뭐라 그랬냐? 평범한 방이 아니라고 했지?]

[좋소. 지금부터 무얼 해야 되오?]

그런데 돌아오는 대답이 어이가 없었다.

[그건 네놈이 알아서 해야지.]

[……]

[후후후, 사실대로 고하지. 이 몸은 무공이라면 명문정파의 어떤 놈이라도 상대해 낼 수 있지만 기관진식은 잘 모르거든. 머리 굴리는 건 네놈 같은 샌님이 더 잘하지 않겠냐?]

[처음부터 그래서 내게 말을 건 것이었소?]

[이제 알았냐?]

사내가 연신 킬킬대다가 웃음을 멈추고 말했다.

[잘 풀어봐라. 기관진식 방은 그 안에 단서가 있는 법이니까.]

[단서?]

[그래. 기관진식 파훼법을 알아낼 수 있는 실마리 말이다.]

남자는 사내의 말이 믿기 힘들었다.

[기관진식을 만들고서 일부러 안에 단서를 넣어둔다는 말이오?]

[물론이다. 단서가 없는 문제를 만드는 시험관이 세상에 어디 있냐? 그럴 바에야 기관진식 따위를 애초에 만들지 않지.]

사내의 말을 믿지 못하던 남자는 고개를 끄덕일 수밖에 없었다.

문제가 있다면 근처에 해답이 있게 마련이다. 이 방의 설계자는 마치 안에 갇힌 자한테 풀어보라고 도전장을 던지듯이 기관진식을 만들었으리라.

남자는 호승심이 생겼다.

자신이 갇힌 방은 문제를 만든 자와 풀려는 자가 맞붙는 전장(戰場)이었다.

그렇다면 질 수 없었다. 패배는 곧 죽음일 테니까.

하지만 막상 문제를 풀려고 하니 어디서부터 시작해야 될지 막막했다.

남자는 손을 들어 쇠자루를 건드려 봤다. 그런데 무심코 손에 힘을 주는 순간 쇠자루가 돌벽 속으로 쑥 들어가는 게 아닌가?

드르르륵.

쇠와 돌이 맞닿는 소리가 귀를 찔렀다.

남자는 깜짝 놀라며 손을 뗐다. 그러나 쇠자루는 이미 돌벽 속으로 들어가 버린 뒤였다.

"뭐야?"

당황한 남자는 쇠자루를 돌벽 틈에서 빼내려고 했다. 그러다가 다시 한번 놀라고 말았다. 돌벽에 박힌 쇠자루에 손을 대자 이상한 감각이 느껴졌던 것이다.

"이것은?"

쇠자루에 반탄력이 있는 것 같았다.

남자는 시험 삼아 쇠자루를 힘껏 눌러봤다. 그러자 쇠자루가 마치 용수철처럼 원래 있던 자리로 다시 튀어나오는 것이었다.

드르르륵.

남자는 침을 꿀꺽 삼켰다.

손으로 눌러서 넣었다 뺐다 할 수 있는 쇠자루들.

"이것이 기관진식인가?"

남자는 기관진식을 유심히 살폈다.

쇠자루가 한 개였다면 좋았을 거란 생각이 들었다. 만약 그랬다면 쇠자루를 누르는 순간 문이 열렸을 테니까. 그러나 허튼 망상에 불과했다.

"그건 기관진식이 아니라 단순히 문을 여는 장치에 불과하겠지."

남자는 현실을 직시했다. 스물네 개의 쇠자루에 얽힌 비밀을 풀어야만 한다.

하지만 어떻게?

문득 어떤 생각이 떠올랐다.

남자가 손을 놀려서 쇠자루들을 누르기 시작했다. 그는 두 개의 쇠자루만 남기고 나머지를 모두 벽 속에 집어넣었다. 그러자 글자가 완성되었다.

어린아이가 글을 배울 때 책에 처음으로 나올 법한 글자.

한 일(一)이었다.

남자는 발전 자에서 위아래 쇠자루를 다섯 개씩 눌러서 일(一)을 만든 것이었다.

내친김에 그는 옆의 발전 자도 일로 만들어봤다.

드르르륵 드르르륵 드르르륵······.

잠시 후, 네 개의 쇠자루가 일렬로 늘어서서 일(一) 두 자를 그렸다.

그러나 아무 일도 일어나지 않았다.

"이건 아닌가?"

생각해 보니 기관진식의 답이 일(一), 일(一)이라는 것은 너무 쉬운 듯했다. 일(一), 일(一)은 세 살배기 어린아이가 마구 쇠자루를 눌러봐도 금세 맞출 법하지 않은가.

남자는 이번에는 일(一) 위의 쇠자루를 두 개씩 빼내어 이(二)를 만들어봤다. 옆도 똑같이 이(二)로 바꾸었다.

이(二)가 두 개.

하지만 역시 아무 일도 일어나지 않았다.

남자는 다음으로 삼(三)을 만들려고 하다가 손을 멈췄다. 일일, 이이, 삼삼 모두 지나치게 간단했던 것이다.

돌벽에 박힌 채 자동으로 움직이는 쇠자루들. 이처럼 복잡한 기관진식이 고작 일이삼같이 쉬운 숫자로 열릴 것 같지는 않았다.

갑자기 좋은 생각이 떠올랐다.

"팔(八)?"

중원에서는 팔(八)과 발(發)의 발음이 똑같았다.

그런데 발(發)이 들어간 말 중에는 좋은 것이 많았다. 발복(發福)은 복이 생긴다는 뜻이며, 발재(發財)는 재물이 모인다는 뜻이었다. 그런 이유로 강호인은 팔(八)을 행운의 숫자로 여겼다. 매년 팔월 팔일을 길일로 삼아 혼인을 하는 자들도 많았다.

하지만 문제가 있었다.

팔(八)은 양옆의 획이 비스듬한 대각선이다. 그런데 쇠자루들은 가로와 세로밖에 쓸 수 없지 않은가.

잠깐 고민하던 남자는 방법을 생각해 냈다.

"이렇게 하면?"

남자가 생각한 방법은 멀 경(冂) 자를 만드는 것이었다. 팔(八)과 경(冂). 양옆의 획이 대각선은 아니지만, 그런대로 두 글자가 비슷해 보였다.

그가 바쁘게 손을 움직였다. 곧 두 개의 경(冂冂)이 완성되었다.

하지만…….

기관진식은 꿈쩍도 하지 않은 채 아무 변화가 없었다.

"이것도 아닌가."

남자는 조금 기운이 빠졌다. 그때였다.

[후후후. 발전 자 모양의 기관진식이라, 그거 재미있군.]

사내가 또 머릿속 생각을 읽은 것 같았다. 사내한테 생각을 읽힐 때마다 벌레가 몸을 기어다니는 것처럼 소름이 끼쳤다.

그런데 사내가 뜻밖의 말을 했다.

[팔괘를 만들어보는 건 어떠냐?]

[……!]

남자는 정신이 번쩍 들었다.

팔괘(八卦)는 상고시대에 복희씨가 지었다는 표식이었다. 팔괘는 산목(算木)을 써서 표시할 수 있는데, 건(乾), 태(兌), 이(離), 진(震), 손(巽), 감(坎), 간(艮), 곤(坤)으로 모두 여덟 가지의 괘가 있었다.

우주 삼라만상의 이치를 음양으로 겹치어 나타내는 팔괘.

그러고 보니 발전 자는 팔괘를 만들기에 딱 알맞은 기본 글자가 아닌가?

[내 생각이 그럴듯하게 들렸나 보지?]

[그렇소.]

이번만큼은 남자도 사내의 말에 수긍했다. 어쩌면 기관진식을 풀어낼 중요한 단서가 될지도 모르니까.

게다가 주역에서는 팔괘를 두 개씩 겹쳐서 만든 육십사괘를 사용했다.

[발전 자가 쌍으로 있는 이유가 육십사괘를 만들라는 뜻이었군.]

[내 말이 바로 그거다.]

남자는 의욕에 넘쳐서 다시 기관진식 앞에 섰다.

그러나 육십사괘의 처음 괘를 만들려는 순간, 남자의 손이 제자리에 딱 멈췄다.

[왜 멈추는 거냐? 육십사괘를 전부 만들려면 서둘러야 할 텐데?]

[그게 아니오.]

사내에게 보일 리는 없지만 남자는 고개를 저었다.

[이 기관진식은 팔괘와는 아무 상관이 없소.]

[뭐라고? 왜지?]

[모르겠소? 시험 삼아 팔괘의 첫 번째인 건괘(乾卦)를 만들어보시오.]

[건괘는 가로로 작대기 세 개를 그으면 되니, 석 삼(三) 자를 만들면 되지 않냐?]

[그게 다요?]

남자가 씁쓸한 목소리로 물었다.

[그럼 곤괘(坤卦)는 어떻게 만들 것이오?]

[곤괘는… 으음, 그렇군.]

사내도 남자의 뜻을 알아차렸는지 말을 삼켰다.

[쇠자루는 가로로 나란히 있을 뿐, 서로 붙어 있는 건지 떨어져 있는 건지 애매모호하오. 만약 삼(三) 자를 건괘(☰)라고 친다면 곤괘(☷)는 무슨 수로 만들 것이오?]

[쇠자루가 가로로 붙어 있는 이상 둘을 구분할 방법은 없겠지.]

[맞소. 애초에 이 기관진식은 팔괘로 풀 수 없는 것이었소.]

[끄응, 그렇군.]

남자는 피식 헛웃음이 나왔다. 벽 너머에서 사내가 팔짱을 낀 채 한숨을 쉬는 모습이 머릿속에 그려졌기 때문이다.

[뭘 웃고 있는 거냐? 그럴 시간 있으면 기관진식이나 풀어라!]

[명을 받들겠소.]

남자는 왠지 모르게 여유가 생겼다.

그러나 미적거릴 시간은 없었다. 지금까지 한 기관진식 풀이는 제자리걸음이었으니까.

문득 머릿속을 스치는 생각이 있었다.

아까 사내는 이런 말을 했다.

'잘 풀어봐라. 기관진식 방은 그 안에 단서가 있는 법이니까.'

남자는 눈썹을 찡그렸다.

"시간만 낭비했군."

자신과 사내가 생각한 기관진식 풀이는 논리적인 추리에 따른 게 아니라 단순한 짐작에 불과했다. 발전 자 모양을 보고 떠오르는 것을 무작정 눌러보았을 뿐이 아닌가.

즉 '문제'가 뭔지도 모르는 채 '답안지'만 들여다본 셈이었다.

남자는 기름불을 들고 단서를 찾기 시작했다. 분명 어딘가에 단서가 있을 터였다.

기름불 종지가 바닥이 드러나고 있었다. 앞으로 한 시진? 반 시진? 그때가 되면 기름이 다 타고 불이 꺼지리라. 서둘러야 했다.

남자는 정신을 집중하고 세심하게 돌벽을 살폈다.

차 한 잔 마실 시간이 지났을 때, 남자는 드디어 단서를 발견했다.

"이거다."

단서가 있는 장소는 쇠자루가 박힌 곳의 맞은편 돌벽이었다.

돌벽에는 몇 개의 글자들이 새겨져 있었다. 깨끗하게 정(釘)으로 새긴 것으로 볼 때, 일부러 만들어놓은 단서가 틀림없었다.

남자는 기쁜 마음에 돌벽에 바싹 얼굴을 들이대고 글을 읽었다.

순간, 의기양양했던 그의 얼굴이 대번에 창백해졌다.

글자들은 어떤 시의 구절 같았다.

하지만 남자는 기관진식의 단서를 추리하기는커녕 시가 무엇을 말하는지조차 알 수 없었다.

돌벽에 새겨진 시구(詩句)는 이랬다.

草木化絲工忘日

돌벽에 새겨진 시구.

기관진식을 풀어낼 결정적인 단서가 틀림없었다.

하지만 문제가 있었다. 시구가 무슨 뜻을 말하는 건지 도무지 알 수 없었던 것이다.

남자는 시구를 읽어봤다.

"草木化絲工忘日(초목화사공망일)."

읽자마자 헛웃음이 나왔다. 이렇게 터무니없는 시구가 세상 천하에 또 있을까 싶었다.

"풀과 나무[草木]는 실[絲]로 변[化]하고 장인[工]은 날짜[日]를 잊어먹었다[忘]? 뭐 이런 시가 다 있지?"

어느새 생각을 읽었는지 사내도 전음을 보냈다.

[황당한 시구군. 아니, 시가 맞긴 하나?]

남자도 그 말에 동감이었다.

[이 시구가 어떤 시의 일부분인지 혹시 알겠소?]

[글쎄다. 이백의 시? 두보는 절대 아니다.]

[왜 그렇게 생각하시오?]

[이백의 시는 자유분방하면서도 절묘한 뜻을 감추고 있지. 반면 두보는 세상살이 힘들다고 눈물 짜는 게 전부가 아니냐? 두보같이 찌질한 놈이 저런 뜬구름 잡는 소리를 할 리가

없다.]

사내의 말속에 이백을 칭송하고 두보를 까 내리는 기색이 있었다. 남자는 그의 성정이 어떤지 짐작이 됐다.

사내가 이백의 시를 열거하며 말했다.

[월하독작(月下獨酌)에 저런 구절이 있었나? 아냐, 월하독작은 오언시(五言詩)인데 저건 글자가 일곱 개이니 그럴 리 없지. 장진주(將進酒)는? 으음, 없어. 공무도하(公無渡河)는? 없는데? 그렇다면……]

남자는 내심 깜짝 놀랐다.

거친 말을 쓰며 흑도의 무리임을 숨기지 않던 사내. 그런데 이백의 시를 천자문 외우듯 쉽게 암송하며 돌벽의 시구와 비교하다니? 대체 이 사내는 누구란 말인가?

남자는 사내가 어떤 과거를 갖고 있는 자일지 알 수 없었다.

사내가 이백의 시를 십여 편 열거하다가 지쳤는지 말했다.

[아까 내 말 취소하겠다. 이백도 아냐. 하늘이 내린 문재(文才) 이백이 저런 황당한 시구를 지었을 리 없어.]

사내가 포기하자 남자도 힘이 빠졌다.

단서인 게 분명한 시구. 하지만 무슨 뜻인지도, 어떤 시의 일부분인지도 알 수 없었다. 구슬이 서 말이면 무엇하랴? 꿰어야 보배인데.

갑자기 사내가 버럭 소리쳤다.

[미치겠네! 이건 시도 뭣도 아냐! 타고난 머리는 부족한데 미련퉁이라서 노력만 할 줄 아는 놈이 글공부한답시고 지어낸 헛소리라고!]

그때 남자의 머릿속에 무언가가 번뜩였다.

[잠깐. 지금 뭐라 그랬소?]

[뭘 말이냐? 시구가 형편없는 엉터리라고 했다!]

[……]

순간 남자는 모든 걸 깨달았다.

그가 잠시 침음하며 생각을 정리한 뒤 입을 열었다.

[그 말이 맞소. 이건 엉터리요.]

[누가 그걸 모른대? 기관진식 풀다가 너까지 머리가 돌아버렸냐?]

사내의 말이 점점 거칠어졌다.

그러나 남자는 흥분하지 않고 고개를 저었다.

[그게 아니오. 이 시구는 일부러 엉터리로 지은 거라는 소리요.]

[뭐라고?]

[이 시구는 이백의 시도 두보의 시도 아니오. 다른 어떤 문장가의 시도 아닐 것이오. 왜냐고? 기관진식을 설계한 자가 일부러 허접한 글귀를 만들어놓은 것이니까.]

[……]

사내가 할 말을 잃었는지 입을 다물었다. 남자의 말이 정곡을 찔렀기 때문이었다.

남자가 말을 계속했다.

[이건 잘 쓰고 못 쓰고가 상관없는 글귀요. 이건 시구가 아니라 암호요.]

[암호(暗號)? 사형을 집행하는 형리를 생원이라고 부르는 것처럼 말이냐?]

[그렇소.]

[뭔 말인지 모르겠군. 좋다, 저게 암호라고 치자. 그럼 그 뜻이 뭐냐?]

사내가 재촉했다. 그러자 남자가 여유를 부리며 말했다.

[한번 맞춰보시오. 남의 생각을 읽는 능력이 있으면서, 기관진식 설계자의 생각은 못 읽겠다는 것이오?]

[…네놈, 아주 기가 살았구나.]

사내가 안달하고 있을 것을 생각하니 헛웃음이 나왔다.

남자는 장난은 그만두기로 했다.

[이 글귀가 뜻이 애매모호한 건 당연하오. 애초에 글자 하나가 빠져 있기 때문이오.]

[일부러 글자를 빼고 글귀를 새겼다, 이 말이냐?]

[바로 맞췄소.]

[잠깐 기다려라. 무슨 글자가 없는지 맞춰볼 테니.]

남자는 다시 한번 피식 웃었다. 이런 상황에서도 호승심이 생기다니, 자신이건 사내건 남정네의 본성은 숨기지 못하는 것 같았기 때문이다.

잠시 후 사내가 말했다.

[말도 안 된다. 칠언절구(七言絕句), 이미 글자 일곱 개가 한 구절을 이루고 있는데 빠진 글자가 있다고?]

남자가 어깨를 으쓱하며 대답했다.

[이건 칠언절구가 아니오.]

[뭣이?]

[이 글귀는 원래 글자 일곱 개가 아니었소. 적은 수의 글자를 쪼개서 일곱 개로 만든 것이오.]

[무슨 소린지 당최 모르겠군.]

[중원의 글자는 서로 합쳐서 다른 글자를 만들 수 있소. 일(一)과 일(一)을 합하면 이(二)로, 일(一)과 이(二)를 합하면 삼(三)이 되지 않소?]

[그건 그렇지.]

[그럼 해답은 나왔소. 글자들을 합쳐 보시오.]

[어디 보자, 초목(草木)을 합치면 분(苯), 미(茉), 말(茉), 이런 글자가 되는데?]

[호오, 상당히 어려운 글자까지 말하시는군. 제법이오.]

[지금 날 놀리는 거냐?]

[아니오. 정말로 감탄했소.]

사내도 생각을 읽고 조롱하는 뜻이 없다는 걸 알았는지 더는 화를 내지 않았다.

[이 글귀는 그렇게 합치면 안 되오.]

[그럼 어떻게 하면 되는데?]

[쉽게 생각하면 답이 보일 것이오. 초목(草木)을 하나의 글자로 보고 화(化)와 합쳐 보시오.]

[⋯꽃 화(花)!]

[잘 맞췄소.]

남자가 기관진식 풀이 설명을 시작했다.

[계속해서 사(絲)와 공(工)을 합치면 붉을 홍(紅)이 되오. 망(忘)은 조금 다르게 해석해야 하오. 망(忘)은 기억을 잃어버렸다는 뜻이오. 그럼 망(忘)에서 심(心)을 잃는다면? 망(亡)이 되오. 망할 망(亡)은 아무것도 남지 않았다는 뜻, 즉 없을 무(無)와도 같소.]

[으음…….]

[지금까지 더하고 빼서 만든 글자는 모두 화(花), 홍(紅), 무(無) 세 개요. 마지막 남은 일(日)은 그대로 두어도 좋소. 뭐 생각나는 것 없소?]

남자가 묻자 사내가 바로 답했다.

[화무십일홍(花無十日紅)!]

[정답이오.]

정체 모를 시구의 뜻을 알아내자 남자도 사내도 잠시 침음했다.

화무십일홍.

붉은 꽃은 열흘을 가지 않는다. 세상 만물의 덧없음을 일컫는 말.

'草木化絲工忘日'이라는 해괴한 시구는 실은 '花無十日紅'의 글자를 풀어서 쓴 암호였던 것이다.

실마리를 풀자 바로 해답이 나왔다.

[화무십일홍에서 밭전 자 두 개의 기관진식으로 만들 수 있는 글자가 무엇일 거 같소?]

[열 십(十)과 일 일(日)이군. 전(田)에서 입 구(口) 자를 빼면 십(十). 마찬가지로 전(田)에서 뚫을 곤(丨)을 빼면 일(日).]

[그렇소.]

남자는 빙그레 미소를 지었다. 기분 탓인지 벽 너머의 사내도 웃고 있을 거라는 생각이 들었다.

[뭐 하는 거냐? 빨리 기관진식을 풀지 않고?]

[성정이 급하시군. 기다리시오.]

남자가 몸을 돌려 밭전 자 모양의 기관진식이 박힌 벽으로 갔다. 그가 쇠자루를 누르려는 찰나, 사내가 다시 참견했다.

[먼저 입 구(口) 자를 눌러서 십(十)을 만들어봐라.]

그런데 남자가 고개를 저었다.

[내 생각은 다르오.]

[뭐? 네 입으로 해답이 그거라고 하지 않았냐?]

[십일(十日)이 정답인 건 맞소. 하지만 뒤쪽 벽에 있는 단서는 엄연히 벽에 새겨진 글귀요. 그럼 쇠자루도 반대로 눌러야

하지 않겠소?]

[무슨 소린지 모르겠군.]

[글귀가 벽에 새겨져 있으니, 십일(十日)도 밖으로 튀어나오게(凸) 하지 않고 속으로 들어가도록(凹) 만들어야 된다는 뜻이오. 벽에 새긴 것처럼 말이오.]

[……]

그 말이 일리가 있다고 여겼는지 사내도 더는 말이 없었다.

남자가 손을 놀려 쇠자루들을 눌렀다.

드르르륵 드르르륵 드르르륵…….

두 개의 밭전 자(田田)가 벽에 새겨 넣은 십일(十日)로 바뀌었다.

순간 커다란 굉음과 함께 방 전체가 요동쳤다.

구우우웅!

동시에 귀를 거슬리게 하는 날카로운 기계음이 들렸다.

끼이이익!

갑자기 쇠자루가 박힌 벽이 덜컹거리며 움직였다.

남자가 깜짝 놀라서 뒤로 물러서자 벽이 천천히 회전하기 시작했다. 벽은 가운데 중심축이 있어서 통째로 돌아가는 회전문이었다. 사방이 막힌 줄 알았던 방은 밀실이 아니었던 것이다.

벽은 구십 도까지 돌아가자 움직임을 멈췄다.

벽 너머에는 전신에 흑의(黑衣)를 걸친 자가 팔짱을 낀 채

서 있었다. 남자는 그가 전음을 보냈던 사내라는 것을 직감했다.

사내는 벽이 없어지자 이제 실제 음성으로 말했다. 처음으로 듣는 사내의 목소리는 전음으로 듣던 것처럼 미성이었다.

"축하한다. 기관진식 방 탈출에 성공했군."

"방 탈출? 탈옥이 아니라?"

"여긴 망자가 사는 곳이라니까. 그러니 탈옥이 아니라 탈출이 맞지."

"그렇군."

남자는 아무래도 상관없었다. 빨리 이 어두운 공간에서 밝은 곳으로 나가고 싶다는 생각밖에 들지 않았다.

사내의 뒤쪽으로 좁은 통로가 보였다. 남자는 기름불을 들고 통로를 향해 발을 옮겼다.

"당신을 도우면 이곳을 탈출하게 해주겠다고 약조한 것, 기억하고 있소?"

"물론이다."

"그럼 안내하시오."

"나보고 성정이 급하다고 하더니, 네놈도 마찬가지군."

사내의 목소리가 다시 조롱하는 투로 바뀌었다. 하지만 남자는 신경 쓰지 않고 걸어갔다.

그런데 사내를 막 지나치려는 때였다.

사내의 얼굴을 본 순간, 남자는 할 말을 잃어버렸다.

"······!"

사내의 용모는 거친 말투를 쓰는 흑도의 무리라고는 상상할 수 없을 만큼 빼어났다.

두 눈썹은 짙고 고르며, 콧날은 오뚝하니 반듯하고, 입술은 붉은 기색을 촉촉하게 머금고 있었다. 명문정파의 사람이었다면 강호의 모든 여인이 보자마자 반하리라. 아니, 사내가 흑도라는 걸 안다고 해도 상당수 여인은 마음을 줄 것 같았다. 여인들이 성정이 나쁜 남자에게 정을 빼앗기는 것은 강호에서 흔히 볼 수 있는 일이니까.

그러나 사내의 이목구비는 여인들이 보면 경악하며 시선을 피할 만한 문제가 있었다.

그의 얼굴에서 두 눈이 있어야 할 곳이 뻥 뚫려 있었던 것이다.

"후후후, 눈 병신 처음 보냐?"

"······."

장님은 안구를 다쳐서 검은 눈동자가 희멀겋게 상한 모습을 하고 있는 게 대부분이다.

하지만 사내는 아예 두 눈알이 없었다. 눈알을 통째로 파내어 버린 것이다.

때문에 눈꺼풀이 안으로 말려 들어가서 텅 빈 안구 속이 그대로 들여다보였다. 새하얀 얼굴 위에 자리한 암흑처럼 시커먼 구멍 두 개. 그 바람에 빼어난 이목구비마저 오히려 괴물처럼 보였다.

보통은 시력을 잃어도 눈알은 남아 있게 마련이다. 그러나 사내의 얼굴에는 아문 상처나 검흔이 없었다.

남자는 의문이 생겼다.

대체 어떤 부상을 입었길래 두 눈을 빼낸 것일까? 아니, 다치기는 했던 걸까? 자기 안구를 스스로 파낼 이유는 없다. 그렇다면 누가 사내의 눈을 파냈다는 말인가? 무슨 이유로?

"남 몰골 신경 쓸 시간 있으면 네놈 걱정이나 해라."

"……."

남자는 입을 다문 채 침음했다.

사내가 몸을 돌려 통로로 들어갔다. 남자는 멍하니 있다가 사내의 뒤를 따라갔다.

좁은 통로를 십여 장쯤 걷자 작은 방이 나왔다.

"이곳도 기관진식이 설치된 방이오?"

"여긴 그냥 평범한 방이다. 기관진식 방은 좀 더 가야 된다."

"그곳에 재수 옴 붙은 미친 자들이 있소?"

"후후, 잘 아는군."

지금 방은 먼저 남자가 갇혀 있던 곳과는 전혀 달랐다.

아까의 방이 감옥이었다면, 이곳은 사람이 살 법한 장소였다. 방에는 침상과 탁자는 물론, 거울이 붙은 화장대도 있었다.

여인의 숙소 같은 방.

그런데 무심코 거울을 본 순간, 남자는 그 자리에서 얼어붙고 말았다.

사내가 피식 웃으며 물었다.

"왜 그러냐? 거울 속에 귀신이라도 있냐?"

"…있소. 누군지 모르는 자가."

"무슨 헛소리냐?"

"나는 이자가 누군지 모르오."

"하하하! 지 얼굴을 몰라보다니, 네놈도 미친 거냐?"

사내가 광소를 터뜨렸다. 그러나 남자의 얼굴은 핏기가 싹 가셔서 창백했다.

"당신, 남의 생각을 읽을 수 있다고 했지?"

"그건 왜?"

"내 머릿속을 읽어보시오. 그리고 알려주시오."

남자가 침을 꿀꺽 삼키며 말했다.

"대체 내가 누구인지!"

2장.

기관진식(機關陳式) 두 번째 방

거울 속에 청포를 걸친 서생 한 명이 서 있었다.

바로 남자 자신의 모습이었다.

하지만 그는 거울 속 서생의 얼굴이 생전 처음 본 것처럼 낯설었다.

남자가 떨리는 목소리로 물었다.

"대체 내가 누구요?"

그러고 보니 기관진식 방에서 깨어나기 전의 일이 하나도 떠오르지 않았다. 그때는 정신을 잃었기 때문이라고 생각했다. 시간이 지나면 기억이 되돌아올 거라고.

하지만 밥 한 끼 먹을 시간이 지난 지금도 기억은 전혀 돌아오지 않고 있는 것이다.

게다가 얼굴 말고도 기억나지 않는 것이 있었다.

바로 자신의 이름이었다.

남자는 갑자기 등골이 오싹해졌다. 나는 누구인가? 내 이름은 무엇인가?

남자가 거울에서 고개를 돌려 사내를 봤다. 사내는 두 눈은 없지만 남자를 빤히 쳐다보는 것 같은 얼굴을 하고 있었다.

"내 생각을 읽었소?"

사내는 잠자코 있을 뿐 아무 말이 없었다.

"내 이름이 뭐요?"

"······."

"대답하시오! 내 생각을 읽으라고 했지 않소!"

그러자 사내가 입을 열었다. 싸늘하게 가라앉은 목소리였다.

"읽어봤다."

"그런데?"

"아무것도 들리지 않는다."

"뭐라고?"

"내가 생각을 읽는다는 건 두개골을 쪼개서 속을 들여다본다는 말이 아냐. 남이 어떤 생각을 하면 그게 전음처럼 내 머리에도 들리게 된다는 뜻이지."

"그래서?"

"네놈이 먼저 이름을 생각해 내지 않는데 내가 들을 수 있을 리가 없지 않겠냐?"

"……."

이번에는 남자가 할 말을 잃고 침음했다.

"네놈 이름이 뭐냐?"

"모르겠소."

"나이는?"

"기억 안 나오."

"자기 일인데 아무것도 모른다는 거냐? 고향은? 소속된 문파는?"

사내가 심문하듯이 따져 물었다. 그러나 남자는 아무것도 대답할 수 없었다.

"부모나 사부도 기억 안 나냐? 일가친척 하나 없는 천애 고아냐?"

"……."

"그것 참 이상하군."

사내가 눈썹을 찡그리며 중얼거렸다.

"태어난 고향도 모르고 소속된 문파도 없이 강호를 떠도는 놈들은 장강의 모래알만큼 많다. 하지만 자기 이름도 모르는 놈은 없지. 하물며 빌어먹는 거지도 이름 하나쯤은 있게 마련이니까."

"……."

"네놈이 출생과 신분을 모르는 고아라고 치자. 그렇다고 해도 지금까지 살아온 과거는 알고 있어야 하는 게 아니냐?"

남자는 더욱 말문이 막혔다. 사내의 말이 옳았기 때문이다.

"혹시 주화입마라도 든 것이냐?"

"주화입마?"

"그래. 연공을 하다가 주화입마에 들어 실성하지 않고서야 자기 이름도 모른다는 게 말이 되냐?"

주화입마(走火入魔). 내공을 잘못 운용하는 바람에 혈도가 막히는 현상이다. 주화입마에 들면 내공을 잃는 것은 예사이며 불구나 백치가 되는 경우도 많았다. 강호인이 무공을 수련하면서 가장 조심하는 게 주화입마였다.

주화입마에 들었을지 모른다고 생각하자, 남자는 두려움이 일었다.

하지만 정신도 또렷하고 호흡도 멀쩡했다. 주화입마에 든 것 같은 느낌은 전혀 없었다. 기억을 잃어버릴 만큼 커다란 충격을 받은 흔적 역시 조금도 찾아볼 수 없었다.

"주화입마는 아니오."

"그럼 누구한테 머리를 세게 언어맞은 기억이라도 있겠지?"

"없소. 아니, 모르겠소."

"그것도 모르겠다고? 정신도 멀쩡하고 주화입마에 들지도 않았는데 기억을 상실했다는 말이냐?"

사내가 광소를 터뜨렸다.

"이십 년간 강호를 종횡하면서 온갖 기사(奇事)를 들었다만 네놈 같은 경우는 처음이로구나, 크하하하!"

남자는 멍한 얼굴을 한 채 사내의 웃음소리를 들었다.

문득 시선을 돌리자, 거울 속에 있는 남자가 무표정한 얼굴로 자신을 응시하고 있었다.

남자는 그에게 묻고 싶었다. 너는 대체 누구냐?

사내가 무슨 생각이 났는지 검지로 자신의 눈가를 가리키며 말했다.

"보시다시피 나는 실명(失明)했다. 한데 네놈은 실명(失名)했지. 둘 다 실명했으니, 천하에 이보다 더 어울리는 이인(二人)은 없겠구나, 하하하하!"

"……."

남자는 사내의 말에 침을 꿀꺽 삼켰다.

그렇다, 지하 감옥에 갇힌 채 깨어난 백면서생 남자. 과거 기억과 이름을 모두 잃어버린 그는, 즉 실명한 것이었다.

한참을 웃어젖히던 사내가 곧 웃음을 그치더니 말했다.

"기억이 없다니, 그것 참 곤란하군. 하지만 방법이 아주 없는 것은 아니지."

"어떤 방법 말이오?"

"화타 같은 명의를 찾아서 침을 맞거나 약재를 처방받으면 나을지도 모르지."

"그런 말은 세 살배기 어린애라도 하겠소!"

참다못한 남자가 일갈했다. 그러다가 어떤 생각이 들어서 말했다.

"그럼 당신 두 눈도 화타를 찾아서 고치지 왜 그렇게 되도록 놔두었소?"

"……."

남자의 말이 정곡을 찔렀는지 사내는 말이 없었다.

잠시 침음하던 사내가 입을 열었다.

"내 두 눈은 다쳐서 파낸 게 아니다."

"뭐요? 그럼 왜?"

"시술당한 거다."

"시술을 받은 것도 아니고 당했다고? 대체 무슨 이유로?"

남자가 깜짝 놀라서 물었다. 그러나 사내가 어느새 싸늘해진 목소리로 말했다.

"네놈이 알 것 없어."

사내는 더는 대답하지 않고 몸을 돌렸다. 그리고 방에 연결된 다른 통로 속으로 들어갔다.

남자는 잠시 멍하니 있다가 사내의 뒤를 따라갔다.

통로는 비좁았다. 또한 뱀이 똬리를 틀듯 모퉁이가 구불구불 이어졌으며, 남자가 들고 있는 기름불 말고는 빛이 없어서 어두컴컴했다. 어떤 곳은 세 군데, 네 군데로 거미줄처럼 길이 갈라졌다.

하지만 사내는 벽에 부딪치거나 돌부리에 발이 걸리기는커녕 빠르게 걸음을 옮겼다. 마치 두 눈이 멀쩡한 사람이 평지를 걷는 것 같았다.

문득 남자는 사내의 이름도 모른다는 생각이 들었다.

"당신 이름은 무엇이오?"

"내 이름? 알아서 뭐 하게?"

"그냥 통성명은 해야 되지 않나 싶어서요."

"지 이름도 기억 못 하는 놈이 통성명을 하자고?"

"……"

"나는 이강이다."

"이강?"

이상하게도 이름이 낯설지 않았다. 꼭 어디서 들어본 기분이었다.

남자는 이강이라는 이름을 떠올리려고 하다가 쓴웃음을 지었다. 자기 이름조차 기억 못 하는데, 남의 이름을 어디서 들었는지 무슨 수로 기억해 낸다는 말인가?

"나만 통성명하니까 손해 보는 느낌이군."

이강이라는 사내가 무슨 생각인지 피식 웃으며 말했다.

"좋다. 네놈은 무명이라고 부르지."

"무명(無名)?"

"그래. 이름이 없으니까 네놈 이름은 지금부터 무명이다. 작명값은 받지 않으마, 후후후."

이강은 기분 나쁜 웃음을 흘리면서 통로 속으로 들어갔다.

곧 빛이 보이기 시작했다. 통로가 끝난 것이다.

졸지에 '무명'이라는 이름을 갖게 된 남자는 이강을 따라 통로 밖으로 나갔다.

통로를 나오자 커다란 방이 나왔다.

방에는 세 인영(人影)이 있었다. 남자 둘에 여자 하나였다.

무명은 그들을 유심히 살폈다. 이강이 하나같이 미쳤다고 말했던 자들. 굳이 이강의 말이 아니더라도 세 인영이 괴이한 흑도의 무리임은 쉽게 알아볼 수 있었다.

남자 하나는 봉두난발에 어깨가 떡 벌어진 거한이었다. 거한은 근육질 몸이 자랑거리인지 웃통을 훌렁 벗고 있었는데, 상체에 수십 개의 검흔이 있었다.

여자는 거한보다 더했다. 그녀가 걸친 도화색(桃花色) 옷은 하늘하늘한 천 재질이라 풍만한 가슴과 늘씬한 다리가 고스란히 드러나 보였던 것이다.

가장 괴이한 것은 마지막 남자였다. 그는 키가 반 장도 안 되는 꼽추였다. 하지만 괴이한 것은 불구인 신체가 아니라 눈빛이었다. 착 가라앉은 음울한 눈빛이 뚫어지게 무명을 쏘아보고 있었다.

망나니 거한. 색을 밝히는 악녀. 흑심을 품은 꼽추.

무명이 세 인영에게 받은 첫인상이었다.

생각을 읽었는지 이강이 슬쩍 전음을 보냈다.

[제대로 봤다.]

[……]

[놈들 분위기에 휩쓸리지 말고 네놈은 기관진식 풀이에만 집중해라.]

무명은 눈썹을 찡그렸다. 이강의 마지막 말이 그답지 않았기 때문이다. 말속에 무언가를 우려하는 기색이 담겨 있었다.

아니나 다를까, 이강의 걱정거리가 터지기 시작했다.

여자가 고갯짓으로 무명을 가리키며 말했다.

"이 남자는 누구야?"

"무명이라는 놈이다."

이강이 대답하자 거한이 끼어들었다.

"무명? 이름이 없다는 게 이름이라고? 무슨 이름이 그따위야?"

그는 처음 보는 무명이 철천지원수라도 되는 듯 불평을 터뜨리며 침을 뱉었다.

"무슨 소림 땡초 법명 비슷하네. 재수 없게시리, 퉤!"

여자가 거한의 말을 반박했다.

"사내가 이름이야 아무려면 어때? 힘만 좋으면 되지."

"힘? 저런 비리비리한 약골 놈이 힘이 어딨냐? 힘이라면 이 몸이지!"

"그런 힘 말고 몸 가운데 힘 말야, 병신아."

"몸 가운데? 단전?"

"어휴, 진짜. 솔직히 말해. 너 여자 품어본 적 없지?"

"뭐야? 이 몸이 기루에 행차하면 기녀들이 줄을 선다고, 이년아!"

"웃기시네. 딱 보면 토끼가 뻔한데 무슨. 자고로 마른 장작이 오래 타는 법이야."

여자가 색기 어린 시선으로 무명을 쳐다봤다. 당장에라도 옷을 벗어 던지고 방사를 치르자고 유혹하는 눈빛. 그 기세에 눌려 무명은 자기도 모르게 뒷걸음질을 쳤다.

이강이 냉랭한 목소리로 말했다.

"방사를 하려거든 나가서 해라."

"홍. 낭만은 개뿔도 없다니까. 무명 씨, 나가서 알지?"

"……."

무명은 할 말을 잃었다.

여자는 이강이 막지 않았으면 정말 방사를 치르려는 생각이었던 것이다. 사람들이 보든 말든, 장소랑 상황에 상관 않고 남자를 품에 안으려는 여자. 무명은 여자의 정체가 무엇인지 짐작할 수 없었다.

그때 조용히 있던 꼽추가 입을 열었다.

"이자는 왜 데리고 온 거지?"

꼽추는 말을 한 뒤에도 무명을 지그시 쏘아봤다. 그러고 보니 꼽추는 무명이 방에 온 이후 한 번도 그에게서 시선을 떼지 않고 있었다.

무명은 꼽추의 시선이 왜 불편한지 깨달았다.

그건 사람을 보는 눈빛이 아니었다. 그는 무명을 물건 보듯이 보고 있었다.

이강이 꼽추의 말에 대답했다.

"이놈이 여기서 나가게 해줄 거다."

"그걸 어떻게 알지?"

"날 믿어라. 기억은 잃었지만 머릿속이 희한한 놈이니까. 마치 그때 그놈처럼 심계(心計)를 꾸미고 파훼하는 데 도가 튼 게 분명해. 이놈이 기관진식 풀이에 도움이 될 거다."

"잠깐. 기억을 잃었다고?"

꼽추가 이강의 말을 지적했다.

"주화입마에 든 놈인가? 겉으로 봐선 멀쩡한데 상한 고기라고?"

"주화입마는 아닌데 기억을 상실했어. 이유는 나도 몰라."

"그렇군."

꼽추가 고개를 끄덕였다. 하지만 무명을 쏘아보는 눈빛은 여전히 사라지지 않았다.

여자가 물었다.

"설마 그래서 이름이 무명인 거야? 이름까지 기억 못 해서?"

"그래. 이름이 없는 놈, 무명."

거한이 다시 불평을 터뜨렸다.

"지 이름도 모르는 놈이 무슨 수로 기관진식을 푼다는 거냐? 그게 말이 돼?"

"그거랑 이거는 다르다. 노망이 들어서 벽에 똥칠하는 늙은이라도 숨 쉬는 법이나 걷는 법은 알지. 자기 이름은 기억 못 해도 평생 쌓은 지식은 머릿속에 계속 남아 있는 법이라고."

"물건 달고 태어나면 가르쳐 주지 않아도 방사를 치르는 것처럼?"

"바로 그거야."

여자가 묻자 이강이 고개를 끄덕였다.

하지만 거한은 여전히 불만이었다.

"그래서 저 서생 놈이 머리가 좋아서 기관진식을 풀 거라는 거냐? 그걸 어떻게 아는데?"

이강이 냉소하며 말했다.

"이미 증명했다. 기관진식 방을 하나 파훼하고 나왔지."

"뭐? 그게 진짜냐?"

"그래."

이강은 남녀 셋에게 무명이 기관진식을 푼 일을 설명했다. 밭전 자 두 개의 기관진식, 뜻을 알 수 없는 괴이한 시구, 그리고 화무십일홍의 비밀까지 모든 것을.

여자와 꼽추는 그의 말에 고개를 끄덕였다.

이강이 거한에게 말했다.

"알아들었냐? 여길 나가려면 저놈 도움이 필요하다는 걸."

"빌어먹을 기관진식."

거한마저 불평을 그만두고 두 손을 들었다.

무명은 이강을 다시 봤다.

설명 한 번으로 의심 많은 흑도 남녀 셋을 납득시킨 이강. 무명은 그의 정체가 무엇인지, 무슨 속셈을 하고 있는지 더욱 궁금해졌다.

하지만 거한은 여전히 의심을 지우지 못한 얼굴이었다.

"좋다. 서생 놈이 이 방의 기관진식도 푼다면 나도 인정하지."

그쯤 되자 무명도 호승심이 생겨서 방을 둘러봤다.

순간 무명의 두 눈썹이 심하게 일그러졌다.

두 번째 기관진식 방의 정체는 바로…….

무명은 자신의 눈을 믿을 수 없었다.

두 번째 기관진식 방은 평범하기 짝이 없는 '약방(藥房)'이었던 것이다.

방 중앙에는 목판을 겹쳐 만든 넓은 단상이 자리했다. 그 위에는 의원이 앉는 탁자와 대나무로 짠 방석이 놓여 있었다. 탁자에는 침구를 담는 커다란 목갑과 기름불이 있었다.

또한 인체의 기혈과 혈도를 그려 넣은 목각상, 수백 개의 약재를 서랍에 넣어 보관하는 약장(藥欌)이 단상의 좌우에 있었다.

무명은 어이가 없었다.

의원이 병자를 진맥한 뒤 침을 놓고 약재를 처방하는 약방. 대체 어디에 기관진식이 있다는 말인가?

이강이 전음을 보냈다.

[그걸 알면 내가 직접 풀었지, 네놈을 불렀겠냐?]

[……]

무명은 할 말이 없었다.

먼저 무명이 갇혀 있던 방은 기관진식이 설치되어 있다는 것을 쉽게 알 수 있었다.

천정과 바닥과 사방이 통째로 돌벽으로 이루어진 방. 발전자 두 개의 기관진식. 화무십일홍을 풀어쓴 암호.

하지만 지금 장소는 어디를 봐도 평범한 약방에 불과했다.

거한이 무명을 보며 말했다.

"어디 한번 풀어보시지. 여기가 기관진식 방이 맞다면 말야!"

거한이 이강의 말을 반신반의하는 것도 이해가 됐다. 기관진식은 눈 씻고 봐도 찾을 수 없는 방. 그의 급한 성정은 기관진식이 숨어 있다는 사실을 인정하지 못하는 것이었다.

이강이 말했다.

"서생 나으리, 솜씨를 보여주시지."

그는 무명의 활약을 지켜보겠다는 듯 팔짱을 끼며 몸을 벽에 기댔다. 다른 자들도 제각기 미묘한 웃음을 띠며 무명을 바라봤다.

모두가 자신을 지켜보자 무명은 부담이 됐다. 그러나 방으로 시선을 돌리는 순간 이상하게도 부담감이 사라졌다.

무명은 방을 천천히 둘러보다가 먼저 단상부터 확인을 했다.

단상은 목판을 겹쳐서 만든 것이었다. 밑은 먼젓번 방처럼 돌바닥으로 되어 있었다.

혹시 돌바닥에 구멍을 뚫어서 지하 통로를 만들어놓지 않았을까? 무명은 의심이 됐다. 하지만 바로 고개를 저었다.

만약 그랬다면 기관진식이 아니고 개구멍에 불과하니까.

단상 위에 있는 탁자 역시 평범했다. 서랍이 달리지 않은 좌식 탁자. 매끈하게 대패질된 겉면에는 흔한 낙서 글자 하나 없었다.

그러나 탁자 위에 있는 물건들은 실마리가 될 것 같았다.

종이와 벼루였다.

무명은 탁자로 다가가서 물건들을 살폈다.

벼루는 먹을 간 지 한참돼서 먹물이 증발해 바싹 말라 있었다. 벼루에 걸쳐진 붓 또한 말라비틀어져 있었다.

반면 종이는 달랐다. 누렇게 뜬 종이 위에 적다 만 글귀가 있었기 때문이다.

무명은 기대를 품고 글귀를 읽었다.

하지만 기대는 금세 사라졌다.

藥方文

張三 七十二歲

약방문(藥方文). 의원이 병자에게 줄 약의 이름과 조제법 등을 적은 문서이다.

그런데 종이에는 병자의 이름과 나이 말고 정작 처방 내용은 하나도 적혀 있지 않았다.

병자의 이름도 대단치 않았다. 주변에서 흔히 볼 수 있는 평범한 사람을 일컫는 말, 장삼이사(張三李四). 병자의 이름이 개똥이라는 것과 매한가지였다.

게다가 나이가 칠십이 세인 게 무슨 실마리라는 말인가?

쓰다 만 약방문.

무명은 고개를 저었다. 이건 절대 실마리라고 할 수 없었다.

그는 시선을 돌려서 기관진식과 연결될 다른 실마리를 찾았다.

침구를 담는 커다란 목갑도 별 볼 일 없었다. 목갑에 손을 넣고 휘저어봤지만, 수많은 종류의 침만 들어 있을 뿐이었다.

반면 단상 옆에 놓인 목각상은 조금 특이했다.

인체의 기혈과 혈도를 점과 선으로 그려 넣은 목각상. 그런데 목각상의 혈 몇 개에 둥글게 동그라미가 그려져 있는 게 아닌가?

무명은 목각상 주위를 돌면서 동그라미가 그려진 혈을 찾았다.

표시된 혈은 전부 네 곳이었다. 배에 있는 복모(腹募)혈, 등에 있는 배수(背兪)혈, 겨드랑이에 있는 중부(中府)혈, 정수리에 있는 백회(百會)혈.

모두 사람 몸에서 중요한 혈을 얘기할 때 빠지지 않는 곳이었다.

하지만 너무 평범한 혈이라는 게 문제였다.

네 곳의 혈은 실력이 형편없는 돌팔이 의원이라도 알 법한 곳이었다. 굳이 표시를 해놓은 이유를 알 수가 없었다.

무명이 침음한 채 목각상을 보고 있자, 여자가 말을 걸었다.

"왜 그래? 걱정거리라도 있어?"

여자는 목숨이 걸린 상황인데도 눈빛에 색기가 가득했다.

"내 독문무공이 점혈이야. 한번 보여줄까? 여기 어때?"

그녀가 검지로 목각상의 다리 사이, 즉 남자의 양물을 꾹 눌렀다. 그것도 모자라 손바닥을 펼치더니 양물을 주무르듯이 손을 움직였다.

"돌덩이처럼 딱딱해지겠지만 걱정 마. 다시 풀어줄 테니까."

"……"

무명은 여자를 무시하려고 했지만, 점혈이 독문무공이라는 그녀의 생각을 듣고 싶어졌다.

"묻고 싶은 게 있소."

"뭔데? 첫 경험이 언제냐고? 아니면 내가 좋아하는 크기?"

"목각상에 표시된 혈이 무슨 의미인 것 같소?"

"궁금한 게 고작 그거야? 남자가 재미없긴."

여자가 목각상을 훑어보며 말했다.

"이게 뭐야? 복모, 배수, 중부, 백회?"

"그 혈들을 동시에 누르거나 어떤 정해진 차례대로 누르면 어떻게 될 것 같소?"

"어떻게 되긴? 아무것도 없어."

여자는 단호하게 고개를 저었다.

"너도 강호인이면 알 거 아냐? 그냥 중요한 혈에 동그라미 쳐놓은 거네. 세게 점혈하면 죽고 자극만 주면 무병장수하겠지. 애들도 이런 혈은 알겠다."

"그럼 됐소."

혹시 해서 물어봤지만, 여자에게서도 별다른 얘기는 나오지 않았다.

이제 남은 것은 하나였다.

무명은 방 안에 남아 있는 마지막 실마리로 고개를 돌렸다.

바로 약장이었다.

약장은 벽 한 면을 통째로 가리고 있을 만큼 커다랬다. 또한 수백여 개의 큼지막한 서랍이 달려 있었다. 서랍의 배열은 가로로 열아홉 줄, 세로로 열아홉 줄이었다.

무명은 서랍의 개수를 셈해봤다.

가로세로 열아홉 줄이니, 모두 삼백육십일 개였다.

그는 약장으로 다가가서 서랍 하나를 뺐다.

드르륵.

서랍 속은 텅 비어 있었다.

이번에는 옆에 있는 다른 서랍을 뺐다. 마찬가지로 아무것도 없었다.

거한이 비웃으며 말했다.

"서랍 속에 열쇠라도 있길 바라는 거냐? 소용없어. 아까 네 놈이랑 봉사 없었을 때 몇 개 빼봤는데 먼지만 풀풀 나지 개똥도 안 들어 있더라."

그는 방을 탈출하는 것보다 무명이 실패하기를 더 바라는 눈치였다.

그런데 무명이 고개를 저었다.

"아니오. 이 약장이 바로 기관진식이오."

그 말에 거한은 물론 다른 셋의 표정이 싹 바뀌었다.

"뭐라고? 그게 진짜냐?"

"그렇소. 잘 들어보시오."

무명은 서랍 하나의 손잡이를 잡아서 천천히 뽑았다. 드르륵.

서랍 속을 들여다본 거한이 소리쳤다.

"아무것도 없잖아?"

"나는 뭐가 들어 있다고 한 적 없소."

"그럼 뭘 보라는 소리야?"

거한이 어리둥절해하고 있자, 이강이 끼어들었다.

"서생 나리는 보라고 하지 않았다. 소리를 들어보라고 했지."

"소리?"

"그래. 못 들었냐?"

이강이 약장으로 오더니 서랍을 뺐다가 다시 집어넣었다. 드르륵, 탁.

그제야 여자와 꼽추도 알았다는 듯 고개를 끄덕였다.

"서랍을 뺄 때 끼기긱 하고 작은 소리가 났어."

"나도 들었다. 무슨 기계장치 소리 같군."

이강이 씨익 웃으며 말했다.

"약장이 방을 탈출할 열쇠였군."

하지만 거한은 여전히 못 믿겠다는 얼굴이었다.

"다들 날 놀리는 거냐? 난 아무 소리도 못 들었다고!"

"네놈은 두 눈깔만 멀쩡하지, 귓구멍은 막혔다는 뜻이다, 후후후."

"이런 니미럴……."

거한은 분을 참지 못하고 씩씩대다가 만만해 보이는 무명에게 소리쳤다.

"뭐 해? 빨리 서랍 하나씩 안 빼보고?"

그런데 무명이 다시 한번 고개를 저었다.

"문제가 있소."

"또 뭐냐?"

"약장에 있는 서랍이 모두 몇 개인 줄 아시오?"

"하나, 둘, 셋…… 더럽게 많네. 내가 그걸 왜 알아야 되는데?"

"모두 삼백육십일 개요."

"그럼 서랍을 삼백육십일 번 빼보면 기관진식이 작동하겠네!"

"그렇게 간단할 것 같소?"

무명의 표정이 어느새 싸늘하게 가라앉아 있었다.

"아무 서랍이나 빼보면 작동한다고? 그건 기관진식이 아니라 애들 장난감이오. 이 기관진식은 분명 특정한 서랍을 동시에 몇 개 빼야 작동할 것이오. 내 생각에 적어도 세 개 이상 빼야 작동하지 않을까 싶소."

"그럼 그렇게 해보면 되잖아?"

"말처럼 쉽지 않소. 삼백육십일 개의 서랍을 무작위로 골라서 네 개씩 빼보려면 몇 번이나 해야 될 것 같소?"

"그거야 넷으로 나누면 되니까 구십 번이면……."

"아냐, 병신아!"

여자가 끼어들며 말했다.

"맨 처음 서랍을 뺀 다음 나머지를 차례로 빼봐야지, 그렇게 계산하면 안 된다고!"

"그럼 네년 방법으로 하면 몇 번인데?"

"서랍이 삼백육십일 개니까……. 으음, 좀 복잡하네. 전부 몇 번이야?"

여자가 계산을 포기하고 무명에게 고개를 돌렸다.

무명이 말했다.

"삼백육십일 개의 서랍에서 아무거나 네 개의 서랍을 빼보는 횟수는 총 육억 구천오백구십사만 육천육백삼십 번이오."

여자가 입을 딱 벌렸다.

"육억… 몇이라고?"

"육억 구천오백구십사만 육천육백삼십 번."

"……"

여자는 할 말을 잃고 입을 다물었다.

무명이 이번에는 이강에게 고개를 돌리며 물었다.

"네 개가 너무 많다고 생각되면 세 개로 줄여보지. 삼백육십일 개의 서랍에서 아무거나 세 개를 빼보는 횟수는 몇 번일 것 같소?"

"……몇 번이냐?"

"칠백칠십칠만 오천구백사십 번이오."

"훨씬 줄어들었군."

"그럼 서랍 세 개를 뺐다 넣었다 하는 걸 한 시진 동안 몇 번이나 할 수 있을 것 같소?"

"쉬지 않고 한다고 치면, 이백 번?"

"좋소. 한 시진에 서랍을 이백 번씩 여닫는다고 치면, 칠백칠십칠만 오천구백사십 번을 반복하는 데 삼만 팔천팔백칠십구 시진이 걸리오. 하루 밤낮은 열두 시진. 그럼 우리가 탈출할 수 있는 날은……."

"그게 언제냐?"

"삼천이백삼십구 일 뒤요."

"일 년이 삼백육십오 일인데 삼천이백삼십구 일이 지나야 나갈 수 있다고?"

"그렇소. 운이 좋으면 좀 더 빨리 나가겠지."

이강이 광소를 터뜨렸다.

"듣던 중 반가운 소리구나! 십 년이 채 안 걸린다는 뜻이 아니냐? 크하하하하!"

그는 계속해서 방이 떠나가라 웃었다. 하지만 혹도 무리 남녀 셋은 침음한 채 한마디 말도 꺼내지 못했다. 누군가가 침을 꿀꺽 삼키는 소리가 들렸다.

갑자기 거한이 버럭 소리쳤다.

"십 년? 미쳤어? 나는 지금 당장 나갈 거라고!"

그가 약장 맨 위에 있는 서랍부터 하나씩 빼기 시작했다.

"육억……. 그게 말이 돼? 그냥 빼다 보면 언젠가는 기관진식이 작동하겠지!"

드르륵, 드르륵, 드르륵.

탁, 탁, 탁.

거한은 서랍 세 개를 뺐다가 집어넣었다. 그리고 계속해서 옆에 있는 서랍을 뺐다 넣기를 반복했다.

무명은 쓴웃음을 지었다. 서랍 몇 개를 빼야 되는지 모르는 이상 다 헛수고였기 때문이다.

그는 먼저 돌벽 방을 떠올리며 생각했다. 약장은 기관진식을 움직이게 하는 장치일 뿐, 해답은 다른 곳에 있는 게 틀림없었다.

돌벽 방의 기관진식은 두 개의 발전 자였다. 하지만 발전자 두 개의 비밀은 '草木化絲工忘日'라는 시구에 들어 있었다.

과연 어떤 서랍을, 몇 개를 빼야 기관진식이 작동할 것인가?

무명은 방에 있는 물건들을 유심히 살피기 시작했다.

한편 이강, 여자, 꼽추는 비웃는 얼굴로 거한을 쳐다보고 있었다.

약장 서랍은 안이 길쭉한 모양이어서 넣고 빼는 데 생각보다 시간이 걸렸다. 처음에는 빠른 속도로 움직이던 거한의 손놀림이 시간이 갈수록 눈에 띄게 둔해졌다.

이강과 여자가 한마디씩 비꼬았다.

"한 시진에 이백 번은커녕 백 번도 못 하겠군."

"더럽게 느리네. 그때는 토끼처럼 빠를 거면서."

"잡년아, 니가 해봐!"

텅! 거한이 분통을 터뜨리며 서랍을 세게 집어넣었다.

순간 괴이한 소리와 함께 방 전체가 진동했다.

구우우웅!

동시에 약방과 통로가 이어지는 곳에서 거대한 돌벽이 내려 오기 시작했다.

쿠르르릉!

"안 돼!"

여자가 몸을 날렸다. 휙! 그녀의 신형(身形)이 화살처럼 통로 를 향해 날아갔다.

하지만 돌벽은 순식간에 떨어져서 여자와 통로 사이를 가 로막았다.

쿠웅!

무명과 흑도 무리 넷은 할 말을 잃고 침음했다.

약방은 밀실이 되었다. 기관진식을 풀지 못한다면 영영 밖 으로 나갈 수 없게 된 것이다.

거한이 서랍을 세게 집어넣자 약장이 흔들리며 기관진식이 작동됐다.

동시에 돌벽이 떨어져서 약방과 통로를 막아버렸다.

쿠웅!

여자는 쏜살처럼 몸을 날렸지만 돌벽을 빠져나가지 못했 다.

"이런 젠장!"

여자가 고개를 홱 돌려 거한을 쏘아봤다. 거한은 얼이 빠진 얼굴이었다.

갑자기 일어난 기사(奇事)에 모두가 넋을 잃고 침음했다. 그나마 좁은 통로와 연결되어 있던 약방이 말 그대로 쥐새끼 한마리 빠져나가지 못하는 밀실이 되어버린 것이다.

이강이 말했다.

"기관진식도 모자라서 밀실에 갇혔군. 이제야 좀 재미있어졌어. 안 그래, 무명?"

"……."

이강의 태연하면서도 차가운 한마디에 무명은 말문이 막혔다.

그때 꼽추가 검지로 무언가를 가리켰다.

"저게 뭐지?"

그가 가리킨 곳은 탁자였다.

그런데 탁자 위에 아까는 없었던 물건이 나타나 있는 게 아닌가?

물건은 둥근 유리병 두 개를 위아래로 붙여 놓은 모습이었다. 또한 위쪽 유리병에는 모래가 가득 담겨 있었다. 두 유리병이 이어진 가느다란 틈새를 통해 모래가 실처럼 떨어지고 있었다.

여자가 말했다.

"저건 모래시계야."

"그건 나도 안다. 내 말은 모래시계가 갑자기 어디서 나왔냐는 거다."

"저 토끼 새끼가 약장 치는 바람에 기관진식이 작동했나 보지."

그 말을 들은 무명은 고개를 끄덕였다.

여자의 말이 옳았다. 돌벽이 내려온 것처럼 모래시계도 기관진식의 일부일 것이다.

무명이 탁자를 살피자, 모래시계 둘레로 나무가 잘라진 틈이 있었다. 기관진식이 작동하면서 탁자 속에 있던 모래시계가 위로 올라온 게 분명했다.

문제는 모래시계가 나온 이유였다.

돌벽으로 밀실을 만들더니 이번에는 모래시계로 시간을 잰다고? 대체 무엇 때문에?

아무리 생각해도 모래시계가 나타난 이유를 알 수 없었다.

그런데 여자가 허공에 대고 코를 킁킁거리며 말했다.

"무슨 냄새 나는 것 같지 않아?"

거한이 여유를 되찾았는지 농담을 던졌다.

"냄새? 계집 냄새밖에 안 나는데?"

"넌 내 취향 아니니까 꿈도 꾸지 마. 이봐, 반쪽이. 이게 무슨 냄새지?"

여자가 불구의 몸을 놀리며 물었지만, 꼽추는 표정 하나 바뀌지 않은 채 대답했다.

"독 냄새군."

거한이 깜짝 놀라며 물었다.

"독? 무슨 독?"

"그건 잘 모르겠다."

"모른다고? 지금 둘이 짜고 이 몸을 농락하는 거냐?"

거한이 버럭 소리치자 여자가 싸늘하게 비웃었다.

"그게 아냐, 등신아. 중원에 있는 독 종류가 몇 개인 줄 알아? 수만 개 이상이야. 그런데 지금 나는 냄새는 어느 하나를 꼽아서 말할 수가 없어. 여러 종류의 독을 하나로 섞을 때 이런 냄새가 난다고."

"독을 섞어? 왜?"

"그것도 몰라? 너 어디 가서 사대악인이라고 하지 마. 너랑 한데 묶이는 거 짜증 나니까."

"뭐야? 이 잡년이 진짜!"

"모르면 화부터 내지 말고 배워. 안 그래도 센 독을 섞으면 뭐가 되겠어? 사람을 즉사시키는 맹독이 된다고!"

"매, 맹독?"

"그래, 이 자라 새끼야."

거한은 맹독이란 말을 듣자 기세가 한풀 꺾였다.

이강이 말했다.

"냄새가 갈수록 진해지고 있다. 뭘 섞었는지 모르지만 지독한 독이야."

그는 두 눈이 없는데도 불구하고 고개를 들어 이곳저곳을 살폈다.

"천장이나 벽에 구멍이 있을 거다. 눈깔 박힌 놈들 뭐 해? 당장 찾아라!"

그의 말에 흑도 남녀 셋이 흩어져서 방을 살폈다.

탁자 위에 놓여 있는 기름불은 제법 컸다. 게다가 무명이 들고 온 기름불까지 더하니, 약방은 무명이 갇혀 있던 돌벽 방보다는 비교적 환했다. 그렇다고 해도 간신히 사물을 분간할 수 있는 정도일 뿐 어둡기는 마찬가지였다.

여자가 벽 한쪽을 가리키며 말했다.

"여기 구멍이 있어!"

얼핏 봐서는 평범한 벽이었다. 하지만 무명이 가까이 가서 기름불을 들이대자 벽에 촘촘히 나 있는 구멍들이 보였다.

이강이 말했다.

"침 구멍이군."

거한이 어깨를 으쓱하며 끼어들었다.

"약방인데 침이 있는 게 당연하지."

"니 눈은 개눈깔이냐? 저 구멍은 그냥 침이 아니라 독침이 발사되는 기관 장치다."

"뭐, 뭐야?"

거한은 깜짝 놀라더니 입을 다물었다.

꼽추가 고개를 갸웃하며 중얼거렸다.

"지금까진 괜찮다가 왜 갑자기 독 냄새가 진동하는 거지?"

"약방은 겉으로 꾸며놓은 거고 실은 독을 만드는 방인가?"

여자가 어깨를 으쓱하며 대답했다.

그때 말없이 있던 무명이 입을 열었다.

"돌벽이 내려와서 약방은 밀실이 되었는데 모래시계가 나왔소. 방은 벽 말고도 곳곳에 침 구멍이 있을 거라 생각하오. 그리고 점점 짙어지는 독 냄새. 그래도 모르겠소?"

"…뭔데?"

흑도 무리의 시선이 무명에게 집중됐다. 무명이 대답했다.

"모래가 다 떨어지기 전에 기관진식을 풀라는 소리요. 만약 제한 시간 내에 기관진식을 풀고 방에서 탈출하지 못한다면……."

"쏟아지는 독침을 맞고 고슴도치 꼴이 되겠군."

이강이 말을 이어서 마무리했다.

흑도 남녀 셋은 벌어진 입을 다물지 못했다.

거한이 여유를 가장하며 피식 웃었다.

"그깟 놈의 침! 탁자 들어서 막으면 되지, 뭔 걱정이야?"

그러자 여자와 꼽추가 한마디씩 툭 쏘았다.

"얘기 못 들었어? 천장이나 바닥도 찾아보면 구멍이 수두룩할 거야. 독침이 만천화우(滿天花雨)처럼 쏟아질 텐데 무슨 수로 막아?"

"탁자를 사방으로 휘둘러서 독침을 후려치면……."

"맹독이다. 침 한 대만 스쳐도 네 고기는 상해."

"······."

거한은 할 말이 없는지 침묵했다.

방금까지만 해도 기세등등하던 흑도 남녀 셋은 표정이 어두워졌다.

무명은 침을 꿀꺽 삼켰다.

이강은 해가 지면 생원, 즉 살수가 목을 베러 올 거라고 경고했다. 그런데 이번에는 모래시계가 다 되면 독침이 쏟아지는 방에 갇힌 것이다.

무명은 모래가 떨어지는 속도를 눈으로 짐작해 봤다.

앞으로 남은 시간은······.

밥 한 끼 먹을 시간? 차 한 잔 마실 시간?

독 냄새는 어느새 코를 톡 쏠 만큼 진해져 있었다. 시간이 얼마 없었다.

무명은 생각에 생각을 거듭했다.

기관진식의 유무는 확인됐다. 하지만 기관진식을 파훼할 실마리는 아직 찾지 못했다.

처방이 적혀 있지 않은 약방문.

흔하디흔한 혈만 표시해 놓은 목각상.

어떤 서랍을 빼야 되는지 알 수 없는 약장.

방 안에 있는 물건들은 무언가 하나씩 아귀가 맞지 않았다.

무명은 문득 어떤 생각이 떠올랐다.

그 셋을 하나로 합친다면?

무명의 머릿속이 복잡해지고 있을 때, 거한이 인내심이 다했는지 분통을 터뜨렸다.

"빌어먹을! 이놈의 방, 그냥 때려 부수고 나가면 되잖아!"

이강이 싸늘한 목소리로 말했다.

"또 사고 치지 말고 가만히 있어라."

"뭐야? 나한테 몽땅 뒤집어씌우는 거냐?"

"네놈이 약장 서랍을 마구 닫지만 않았어도 독침 기관진식은 작동 안 했을 거다."

"퉤! 기관진식 찾으라고 할 때는 언제고 나한테 지랄이야?"

거한은 분을 참지 못하겠는지 이리저리 왔다 갔다 했다. 그러다가 무슨 생각이 떠올랐는지 웃음을 터뜨렸다.

"하하하! 맞아, 그러면 되겠군! 왜 그걸 몰랐지?"

거한이 탁자로 다가갔다. 그리고 주먹을 움켜쥐고 팔을 뒤로 젖혔다.

"모래가 다 떨어지면 독침을 쏜다고? 모래시계가 아예 없으면 그만 아냐!"

그가 모래시계를 향해 주먹을 내질렀다.

그런데 유리병을 때렸는데 마치 거대한 종을 치는 듯한 굉음이 터졌다.

떠엉!

동시에 손가락뼈가 골절되는 소리가 들렸다. 빠직!

"크아아악!"

거한이 다친 주먹을 감싸 쥔 채 펄펄 뛰었다.

"내 손! 내 손!"

여자와 꼽추가 한심하다는 표정으로 한마디씩 했다.

"이거 대체 뭘로 만든 거야? 유리가 아닌가 봐!"

"유리? 금강석보다 강할 것 같군."

엄청난 무골(武骨)인 거한이 부수기는커녕 자기 손가락을 부러뜨릴 정도니, 모래시계가 어떤 재질로 만들어졌는지 상상도 할 수 없었다.

"제기랄! 뭐 이딴 게 다 있어?"

얼굴이 시뻘게진 거한은 숨을 몇 번 고르더니 재차 모래시계 앞에 섰다.

"내 이놈의 개같은 물건을 반드시 박살 내고 만다!"

이강의 싸늘한 목소리가 거한을 막았다.

"그만둬."

"지금 나한테 명령하는 거냐?"

"눈깔이 박혔으면 봐라. 모래 떨어지는 소리가 더 세차게 들린단 말이다."

"뭐, 뭐라고?"

흑도 남녀 셋이 깜짝 놀라서 모래시계를 쳐다봤다.

이강의 말이 사실이었다. 가느다란 실처럼 떨어지던 모래가 어느새 어린아이 새끼손가락만 한 굵기로 바뀌어 있었다.

"네놈이 그나마 얼마 남아 있지 않던 시간을 더 없애 버렸어."

"하하, 난 그냥 모래시계를 멈춰보려고……"

거한이 멋쩍게 웃자, 이강이 비수처럼 말을 던졌다.

"한 번만 더 멋대로 손을 놀리면 죽는다."

"……"

거한은 침을 꿀꺽 삼키며 입을 다물었다. 하지만 그것도 잠시였다.

"이 새끼가 오냐오냐했더니 이제 수염까지 뽑으려 드네?"

그가 이강을 향해 몇 발자국 다가갔다.

"같은 사대악인이라고 봐줬더니, 뭐라고? 다시 한번 말해봐. 누가 누굴 죽인다고?"

"하룻강아지 범 무서운 줄 모르는군."

"뭐야? 이게 진짜!"

약방 안의 분위기가 금세 흉흉해졌다.

이강을 뚫어지게 노려보던 거한이 여자와 꼽추에게 고개를 돌리며 말했다.

"이 자식 아까부터 지가 뭐라도 되는지 나대는데 네놈들은 배알도 안 꼴리냐?"

"……"

여자와 꼽추는 거한을 지그시 쳐다볼 뿐 아무 말이 없었다.

"어때? 나랑 같이 이 새끼 없애는 게? 니들도 불만 많을 거

같은데?"

여자가 어깨를 으쓱하며 대답했다.

"불만? 난 없어. 괜히 나섰다가 이승 빨리 하직하고 싶지 않거든."

"쳇, 겁도 더럽게 많군. 넌 어때, 꼽추 양반?"

"지금은 요리할 때가 아냐. 사람 수가 적어지면 여기를 탈출하는 것도 힘들어져."

"그건 걱정 마. 저 서생 놈만 살려두면 되잖아?"

거한이 씨익 웃으며 무명을 가리켰다.

"기관진식은 서생 놈이 풀게 내버려 두고 이 자식부터 손보자고. 놈은 하나고 우리는 셋이야. 일 대 삼인데 설마 눈 병신 하나쯤 못 해치우겠냐?"

"……"

여자와 꼽추는 말없이 거한과 이강을 번갈아 봤다.

이강이 입을 열었다. 차가운 것도 화난 것도 아닌, 태연한 목소리였다.

"예언 하나 하지."

"예언? 점집 차렸냐? 뭔데?"

"네놈은 오늘 안으로 명줄이 끊어질 거다."

"이 새끼가 진짜… 좋다! 어디 한번 해보자!"

거한이 우락부락한 근육을 꿈틀거리며 한 발 다가섰다.

순간 이강이 걸치고 있는 흑의가 바람 주머니에 공기를 넣은 듯이 부풀어 올랐다.

펄럭!

부풀어 오르던 흑의는 곧 폭풍을 만난 돛처럼 세차게 휘날렸다.

거한이 깜짝 놀라 걸음을 멈췄다.

"이, 이게 뭐야?"

옆에서 지켜보는 여자와 꼽추의 얼굴도 차갑게 굳었다. 둘이 중얼거렸다.

"저게 적월혈영(赤月血影)의 무위야? 직접 보니 엄청나네."

"구파일방과 오대세가 놈들이 상대하길 꺼려한다니, 말 다 했지."

거한은 꼼짝하지 못하고 멍청히 이강을 쳐다봤다.

그는 자신의 두 눈을 의심했다. 이강이 걸치고 있는 흑의가 붉게 핏빛으로 물드는 것처럼 보였기 때문이다.

여자와 꼽추가 거한을 피식 비웃었다.

"똥물에도 파도가 있는 법인데, 저 토끼 놈은 그걸 몰라."

"내일부터 사대악인이 아니라 삼대악인이 되겠군."

이강이 말했다.

"세 가지 중에 골라라. 고통 없이 죽고 싶냐, 죽어라 고생하다가 죽고 싶냐?"

"…나머지 하나는 뭐냐?"

"살려주는 거다."

거한이 침을 꿀꺽 삼킨 다음 말했다.

"세, 세 번째로……."

"그건 안 고르는 게 좋을걸. 세 번째를 선택한 놈들은 차라리 죽는 것만 못하다고 후회하더군. 한 놈도 빠짐없이 전부다."

"……."

"내 자비롭게 첫 번째로 해주지."

이강이 천천히 손을 들어 올렸다.

거한의 입에서 이가 딱딱 소리를 내며 부딪쳤다.

그때였다.

"기다리시오."

누군가의 목소리가 얼음장같이 살벌하던 분위기를 깨뜨렸다.

목소리의 주인은 무명이었다.

"싸울 거면 나가서 하시오. 한 명이라도 더 있어야 이곳을 탈출하는 데 보탬이 될 테니까."

"네놈, 풀라는 기관진식은 안 풀고 선비질이냐?"

"풀었소."

무명이 말했다.

"기관진식의 해법을 찾아냈소."

이강이 거한을 향해 손을 들어 올렸다.

둘 중 하나의 명줄이 끊어질 일촉즉발의 순간.

그때 무명이 이강을 막으며 말했다.

"기관진식의 해법을 찾았소."

"뭐라고?"

이강은 물론 흑도 남녀 셋이 깜짝 놀란 얼굴로 무명을 돌아봤다.

이강이 물었다.

"실마리를 찾은 것이냐?"

"그렇소."

흑도 무리의 차가운 시선이 무명에게 쏘아졌다. 하지만 무명의 얼굴은 태연하기만 했다.

거한이 헛기침을 하면서 말을 꺼냈다.

"으흠! 그것 참 잘됐군. 뭐 하냐? 기관진식 빨리 안 풀고?"

그는 이강의 손에 목이 떨어질 위기에 처해 있었는데, 살벌했던 분위기가 풀어진 틈을 타서 얼른 화제를 바꾸고자 했던 것이다.

"기다려라."

이강이 팔짱을 끼며 말했다.

"이번 기관진식 풀이는 어떻게 했는지 얘기나 들어보자."

그 말에 여자와 꼽추가 눈빛을 반짝거리며 무명의 말을 기다렸다. 거한은 죽었다가 살아난 걸 실감하는지 가슴을 쓸어내리며 안도의 한숨을 쉬었다.

무명이 검지로 탁자를 가리키며 말했다.

"첫 번째 실마리는 약방문이오."

"약방문? 말도 안 돼!"

여자가 탁자로 가서 약방문을 집어 들며 말했다.

"처방은커녕 쓰다 말았잖아. 근데 이게 무슨 실마리야?"

"이곳은 기관진식을 풀어야 나갈 수 있는 방이오. 그렇다면 방을 만든 자의 의도를 추리하는 게 우선이오."

무명이 이번에는 탁자에 놓인 붓과 벼루를 가리켰다.

"처방이 없는 약방문. 그런데 옆에 붓과 벼루가 있소. 만약 방을 만든 자가 우리 보고 빈 곳을 써넣으라는 뜻이라면?"

"여기에 있어야 할 처방을 우리가 알아서 적어야 된다. 그 말이야?"

"그렇소."

"미치겠네! 백지에다 뭘 써넣으란 말야?"

여자가 신경질을 부리며 약방문을 탁자에 집어 던졌다.

꼽추가 여자의 말을 거들었다.

"약방문에서 실마리가 있다면 '칠십이 세'라는 나이가 전부다. 그것 빼면 백지나 마찬가지인데 처방을 무슨 수로 하지?"

"약방문은 분명 백지요. 하지만 방에는 다른 실마리가 있소."

"뭐라고? 어떤 거냐?"

"바로 이것이오."

무명이 무언가를 가리키자 모두의 시선이 그쪽으로 향했다.

무명이 지적한 실마리는 목각상이었다.

여자가 목각상 주위를 한 바퀴 돌면서 살핀 다음 말했다.

"설마 복모, 배수, 중부, 백회에다 동그라미 친 게 실마리라는 말은 아니겠지?"

"그게 실마리오."

"엉터리! 이런 뻔한 혈이 무슨 놈의 실마리야? 점혈하면 그냥 죽는 중요한 혈들 아냐?"

여자가 다시 분통을 터뜨렸다.

꼽추가 고개를 갸웃하며 중얼거렸다.

"혹시 네 군데 혈을 동시에 점혈하면 금강불괴(金剛不壞)의 몸이라도 죽일 수 있다는 건가? 복모혈은 배에 있고 배수혈은 등에 있으니, 그 두 곳을 함께 점혈하는 수법은 확실히 보기 드문 것이겠군. 거기에 정수리에 있는 백회혈까지 점혈한다고? 이강, 그런 점혈 수법 본 적 있소?"

"없다. 사혈(死穴) 한 번 점혈하면 끝인데 뭣 하러? 변태냐?"

꼽추가 묻자 이강이 어이없다는 듯 대답했다.

"모두 아니오."

무명이 고개를 저으며 말했다.

"사람을 죽이는 방법으로는 이 방을 나갈 수 없소. 여기는 약방이오. 사람을 살리는 활법(活法)으로 생각해야 하오."

"……."

혹도 무리 넷이 입을 다물고 침음했다. 무명의 말이 일리가 있었기 때문이다.

이강이 물었다.

"그래, 네 활법은 뭐냐?"

"복모, 배수, 중부, 백회. 분명 너무 잘 알려진 혈이오. 하지만 반대로 그만큼 많이 사용한다는 뜻이기도 하오."

꼽추가 고개를 끄덕였다.

"하긴, 약방에서 허구한 날 침놓는 자리가 그 네 군데지."

"맞소. 네 곳의 혈에 침을 놓으면 체내에 열기를 북돋아서 땀을 흘리게 만드오. 또 혈액순환을 잘되게 하는 효능이 있소."

거한이 비웃으며 말했다.

"쳇, 아는 것도 많군. 지가 화타라도 되나?"

무명이 그 말을 무시하며 꼽추에게 물었다.

"뭐 생각나는 병환 없소?"

"……."

"사람이 살면서 가장 흔하게 걸리는 병환이오."

흑도 남녀 셋이 서로를 쳐다보며 침음하고 있을 때, 이강이 말했다.

"고뿔이냐?"

"정답이오. 목각상에 표시된 네 군데의 혈은 고뿔, 즉 감기를 치료할 때 시침하는 곳이오."

무명이 검지로 약방문을 가리키며 말했다.

"약방문에 적어야 될 것은 바로 고뿔 처방이오."

계속해서 이번에는 약장을 가리켰다.

"그렇다면 어떤 서랍을 빼면 되는지 알 수 있소. 바로 약방문에 적힌 약재가 담긴 서랍들."

"……!"

흑도 무리가 놀람과 감탄이 뒤섞인 눈빛으로 무명을 바라봤다.

곧 의술을 아는 꼽추가 앞으로 나섰다.

"고뿔 치료라면 계지탕(桂枝湯) 아니면 마황탕(麻黃湯)이지."

그가 약장 앞에 선 다음 서랍을 빼기 시작했다.

"계지탕에 들어가는 약재는 전부 세 가지다. 계지, 백작약, 감초."

드르륵, 드르륵, 드르륵.

세 개의 서랍을 모두 뺐지만 아무 일도 일어나지 않았다.

"계지탕이 아니라 마황탕인가? 어디 보자, 마황탕은 마황, 계지, 감초, 행인을 넣으니까 백작약을 다시 집어넣고 마황과 행인을 추가하면……."

탁. 드르륵, 드르륵.

그러나 이번에도 아무 변화가 없었다.

거한이 불쑥 말했다.

"뭐야? 꿈쩍도 안 하잖아?"

꼽추가 무명을 보며 물었다.

"이상하군. 고뿔에 가장 많이 쓰이는 탕약으로 계지탕과 마황탕. 내 처방이 틀렸냐?"

"아니오. 좋은 처방이오."

"그럼 왜 아무 일도 없는 거지?"

"나도 처음에는 두 탕약을 생각했소. 한데 조금 더 생각해 보니 놓친 실마리가 있다는 것을 깨달았소."

"그게 뭐냐?"

"약방문에 적힌 병자의 나이요."

이강이 끼어들며 말했다.

"칠십이 세면 고희를 넘긴 나이군. 두보 놈이 인생칠십고래희(人生七十古來稀)라고 했지."

계속해서 여자도 한마디했다.

"칠십이 세든 고희든 그게 탕약이랑 무슨 상관이야? 꼬부라진 늙은이라는 게 무슨 놈의 실마리인데?"

"상관이 있소."

무명이 설명했다.

"칠십이 세면 기력이 쇠해서 많은 병환에 시달릴 나이요. 그중에서 가장 무서운 병환은 바로 풍(風)이오. 몸에 한기가 침범했는데 중풍 증상까지 있을 때 쓰는 탕약은……."

"대청룡탕(大靑龍湯)!"

꼽추가 소리쳤다. 무명이 고개를 끄덕였다.

"맞소. 마황탕의 약재는 마황, 계지, 감초, 행인이오. 거기에 한 가지 약재만 더하면 대청룡탕이 되오. 알고 있소?"

"물론이다. 석고 아니냐?"

"정답이오."

꼽추가 약장을 두리번거리며 석고가 든 서랍을 찾았다.

"여기 있었군."

그가 고리를 쥐고 서랍을 당겼다. 드르륵. 서랍이 빠져나왔다.

순간 엄청난 굉음과 함께 방이 진동했다.

구우우웅!

동시에 약장이 덜컹거리더니 좌우 두 갈래로 쪼개졌다.

쩌억!

꼽추가 깜짝 놀라며 한 걸음 뒤로 물러섰다.

그냥 봐서 멀쩡했던 약장은 실은 탁자에서 모래시계가 나왔던 것처럼 중간에 미세하게 실금이 나 있었던 것이다.

두 쪽으로 나뉜 약장은 계속해서 덜컹거리며 좌우로 움직였다. 곧 어른 두 명이 통과할 수 있을 만한 넓이가 되자 약장은 움직임을 멈췄다.

그리고 약장 너머로 어두운 통로가 보였다.

희미한 미소가 무명의 입가를 스치고 지나갔다.

'역시 내 생각대로다.'

백지 약방문. 뜬금없는 혈만 표시한 목각상. 수백 개의 서랍이 달린 약장.

어느 하나만 봐서는 실마리가 무엇인지조차 알 수 없는 방.

하지만 그 세 가지를 하나로 합친 순간 실마리가 만들어졌다. 그리고 무명은 실마리를 풀어서 기관진식을 파훼했다.

그 결과, 두 번째 기관진식 방을 탈출하는 데 성공한 것이었다.

여자가 두 팔을 번쩍 들면서 소리쳤다.

"이야호! 이 답답한 방에서 드디어 탈출이다!"

그녀가 무명의 앞을 지나가면서 한마디 했다.

"난 머리 좋은 남자가 요염한 것 같더라."

눈웃음을 흘긴 여자는 가장 먼저 통로 속으로 들어가서 사라졌다.

이어서 꼽추가 통로를 향해 걸음을 옮겼다.

"대단하군. 아무리 봐도 나갈 방법을 찾지 못하고 있었는데."

말과는 달리 꼽추의 눈빛은 어느새 웃음이 사라지고 다시 음울하게 변해 있었다.

다음으로 거한.

"앞에 빨리 좀 가. 모래시계 다 돼서 독침 쏠라."

하지만 그의 말과는 달리, 모래시계의 위쪽 유리병에는 모래가 많이 남아 있었다. 그는 갑자기 나타난 무명이 기관진식을 풀자 괜한 심통을 부리는 것이었다.

마지막으로 남은 이강이 씨익 웃으며 말했다.

"어떠냐? 네놈이 기관진식을 풀 능력이 있을 거라고 내가 말했지?"

"……."

"하나 묻자. 수백 개가 넘는 약장 서랍에서 무작위로 몇 개만 뺄 때 경우의 수는 어떻게 계산한 거냐? 또 혈을 보고 고뿔 처방에 시침하는 자리라는 것과 탕약 처방을 알아낸 것은 어떻게 한 거고?"

이강이 궁금해하는 것도 당연했다. 무명이 첫 번째 기관진식 방을 탈출할 때보다 훨씬 압도적인 활약을 보여줬기 때문이다.

그러나 무명은 대답할 수 없었다.

"나도 모르겠소."

"모른다고?"

"그냥 해답이 머릿속에 떠올랐을 뿐이오."

"복잡한 암산과 의술 지식이 입에서 술술 나오는데 정작 어떻게 배웠는지는 기억이 없다, 그 말이냐?"

"그렇소."

"후후후, 그것참. 네놈 머릿속은 처방이 적혀 있지 않은 백지나 마찬가지구나."

"……."

이강의 한마디가 폐부를 찔렀다.

하지만 무명은 반박할 수 없었다. 그의 말이 사실이었으니까.

둘은 흑도 무리의 뒤를 따라 통로로 들어갔다.

통로는 여전히 비좁고 어두컴컴했다.

이강이 앞장서고 무명이 그 뒤를 따랐다. 기름불을 든 것은 무명이었지만, 그가 앞장을 설 필요는 없었다. 두 눈이 없는 이강은 어차피 기름불이 필요 없으니까.

무명이 물었다.

"묻고 싶은 게 있소."

"뭐냐?"

"당신들은 대체 누구요? 왜 이곳에 갇힌 것이오?"

"두 번째 질문은 나도 대답할 수 없다. 정체 모를 놈들에게 붙잡혀서 정신을 잃었는데 눈을 떠보니 여기였다. 저놈들도 마찬가지고."

"그럼 넷이 함께 잡혀 온 것이오?"

"미쳤냐? 저놈들이랑 같이 다니게. 따로따로 잡혀 왔을 뿐이다."

"듣자 하니 강호에서는 당신들 넷을 뭉쳐서 부르는 것 같던데……."

"사대악인 말이냐?"

"그렇소."

"궁금한 게 고작 그거였냐? 하여간 강호 놈들이란."

이강이 잠시 킬킬거리더니 말을 이었다.

"짐작한 대로다. 강호에서는 우리 넷을 합쳐서 사대악인(四大惡人), 또는 사대마인(四大魔人)이라고 부르지."

"어쩌다 그런 별호가 붙은 것이오?"

"알 게 뭐냐? 명문정파 놈들이 지들 멋대로 붙인 건데. 놈들은 열대여섯 살 먹은 찌질한 사내아이가 그러듯이 꼭 몇 명씩 묶어서 별호를 붙이는 버릇이 있지. 사대악인, 중원오절, 무림삼검 등등."

"그럼 당신들은 실은 악인이 아닌데 그런 별호가 붙어서 억울하다는 것이오?"

그 말에 이강이 코웃음을 쳤다.

"뭔 헛소리냐? 나는 단지 저놈들이랑 한데 엮이는 게 싫다는 거다. 내가 악인이 아니라고? 지나가는 개가 웃겠다!"

"그럼 대체 뭐가 불만이오?"

"불만이랄 것까지는 없고. 그래, 그냥 나 혼자서 강호제일악인(江湖第一惡人)이라고 불리면 딱 좋을 것 같군, 후후후."

"……."

자신을 두고 강호제일악인이라 칭하며 웃는 이강.

무명은 할 말을 잃었다.

사대악인 얘기가 나오자 이강은 왠지 신이 난 듯했다. 그는 무명이 더 묻지도 않았는데 흑도 무리에 대해 얘기하기 시작했다.

이강이 먼저 입에 담은 자는 거한이었다.

"웃통 벗고 다니는 돼지 놈 말야. 놈은 별 볼 일 없으니 신경 꺼도 좋다."

"그건 왜요?"

"그냥 사람 때려죽이는 게 버릇인 놈이야. 강호에 득시글한 게 살인자인데, 그것 갖고서야 대단한 악인이랄 것도 없지."

"……."

무명은 다시 말문이 막혔다.

사람을 죽이는 게 별 볼 일 없다니? 그럼 대단한 악인이란 대체 어떤 자들이란 말인가?

그런데 이강의 다음 얘기를 듣는 순간, 무명은 그의 말을 수긍할 수밖에 없었다.

"서생 놈아, 잘 알아둬라. 악인에도 등급이 있다."

이강이 고갯짓으로 앞에 가는 여자를 가리키며 말했다.

"저년의 별호는 당랑귀녀다."

3장.

기관진식(機關陳式) 마지막 방

　무명은 별호가 무슨 뜻인지 몰라 고개를 갸웃했다.

　"당랑귀녀(螳螂鬼女)?"

　"그래. 오 년 전, 저년이 점창파의 사형제 네 명을 차례로 유혹해서 방사를 치른 일이 있었다. 문제는 저년은 색을 밝히는 것으로 모자라 괴이한 버릇이 있다는 거지. 그게 뭘 것 같냐?"

　"무엇이오?"

　"방사를 치른 다음 남자의 목을 베어야 쾌감을 느끼는 성정이다."

　"……!"

"명문정파의 사형제가 여자 하나를 두고 놀아난 것도 큰일인데 그 후에 모두 목이 떨어지고 말았으니, 웃기지 않냐? 중원이 발칵 뒤집혔지."

무명은 여자의 별호가 무슨 뜻인지 깨달았다.

당랑, 사마귀라는 뜻. 암컷 사마귀는 교미를 끝낸 뒤 영양분을 얻기 위해 수컷을 머리부터 뜯어 먹는다고 한다.

잠자리를 한 남자의 목을 베는 여자, 당랑귀녀. 그녀에게 어울리는 끔찍한 별호였다.

"혹 저년이랑 방사를 치르게 되거든 명심해라. 그날이 네 제삿날이라는 것을, 후후후."

이강은 뭐가 그리 즐거운지 연신 킬킬댔다.

그러다가 이번에는 꼽추 얘기로 넘어갔다.

"꼽추 놈의 직업은 숙수다."

"숙수(熟手)라고?"

무명은 그 말이 믿기지 않았다.

항상 음울한 눈빛으로 남을 쏘아보는 꼽추가 숙수라니? 그가 만드는 음식이 제아무리 진수성찬이라고 해도 맛이 있을 리가 없지 않은가?

그런데 이강의 얘기는 상상을 넘어서는 것이었다.

"꼽추는 사막에서 혼자 객점을 운영하던 놈이다. 사막에서 먹을 거라고 해봤자 말라비틀어진 육포와 거친 벽곡단밖에 더 있겠냐? 한데 꼽추 놈의 객점은 매일 기름기가 흐르는 고기 밥상을 내놓았다. 손님이 줄을 이었지. 문제는 객점에 손님이 한번 묵으면 떠날 생각을 안 한다는 거였다. 왜인 줄 알겠냐?"

"무엇 때문이오?"

"꼽추는 손님이 잠들면 침상에 묶어두고 도살을 시작했다. 그리고 그 인육을 다음에 오는 손님의 밥상에 내놓았던 거다. 그러니 객점에 들어가는 놈은 있어도 나오는 놈이 없는 게 당연하지."

"······."

"그래서 붙은 별호가 인육숙수(人肉熟手)다."

무명은 할 말을 잃었다.

그제야 꼽추가 왜 음울한 눈빛으로 뚫어지게 쏘아보는지 알 것 같았다. 그는 타인을 사람이 아니라 물건으로, 즉 인육으로 보았던 것이다.

"사막에서는 아무리 굶주렸다고 해도 객점에 묵을 때 조심해라. 누가 아냐? 다음 날 아침 밥상에 네놈이 올라갈지."

당랑귀녀. 인육숙수.

여자와 꼽추는 확실히 강호에서 사대악인으로 꼽을 만한 자들이었다.

그렇다면 마지막 남은 자가 있었다.

바로 이강이었다.

무명이 나직한 목소리로 물었다.

"당신은 왜 사대악인에 들어가게 된 것이오?"

"이번에는 내 차례냐?"

이강은 잠시 침음했다. 그러다가 남의 일처럼 얘기를 했다.

"숨길 것도 없으니 말해주지. 나는 사문(師門)을 배신했다. 아니, 배신한 것도 모자라 내 손으로 사부(師父)를 죽였다. 사모(師母) 역시 내 손에 명줄이 끊어졌지. 그뿐이랴? 사부의 가솔도 모조리 죽였다. 사문을 하루아침에 내 손으로 멸문(滅門)시킨 셈이지."

"……"

"뭐, 그런 뒤에도 강호에 나와서 숱하게 사람을 죽였다. 무림맹이 내 목에 상금을 붙였지. 정신 차려보니 강호에서 내게 사대악인이란 낙인을 찍어놨더군."

무명은 뭐라 할 말이 없었다.

군사부일체(君師父一體)라는 말이 있다. 임금과 스승과 아비는 하나와 같다는 말이다.

하물며 무공 수련을 통해 관계를 맺는 강호의 문파에서 스승은 곧 하늘과 같았다. 강호에서 사부를 거역하는 자는 정파와 사파 모두의 공적(公敵)이 되었다.

그런데 사부를 죽인 것도 모자라 사문을 멸문시켰다니?

여자와 꼽추가 기행(奇行)을 저지르는 악인임은 틀림없었다.

그러나 세간의 상식으로 사대악인을 꼽자면…….

이강이 생각을 읽었는지 말했다.

"왜? 사대악인 중 내가 일 순위라는 거냐?"

"……."

"그거 고맙군. 나는 최고가 아니면 안 하는 성미라서 말야."

이강은 더는 말을 하지 않고 빠르게 통로 속을 걸어가 버렸다.

무명은 문득 여자가 말했던 이강의 별호가 떠올랐다.

적월혈영(赤月血影). 붉은 달이 드리운 핏빛 그림자.

살생을 끊이지 않는 자라는 것을 알 수 있는 별호였다.

그런데 이상하게도 앞서 가고 있는 이강의 뒷모습이 어딘가 모르게 허전해 보였다. 무명은 그가 어떤 사정으로 사문을 배신했는지 궁금했다.

그때였다.

"아아아악! 대체 이게 뭐야?"

여자가 외마디 비명을 질렀다.

무명과 이강은 서둘러서 통로를 달렸다.

곧 통로가 끝나고 제법 넓은 공터가 나왔다. 그런데 공터에 먼저 도착한 흑도 남녀 셋이 허망한 얼굴로 어깨를 늘어뜨리고 있었다.

출구가 없었던 것이다.

여자가 비명을 지른 것도 그 때문이었다.

"기껏 방을 탈출했는데 또야? 출구는 언제 나오는 건데?"

무명은 그 말을 듣고 짐작 가는 게 있었다. 눈앞의 장소는 바로 세 번째 기관진식 방이리라.

이강이 전음을 보냈다.

[그래. 또 기관진식을 풀어야 되는 것 같군.]

[기관진식 방은 대체 언제 끝나는 것이오? 아니, 이곳을 탈출할 수 있기는 한 거요?]

[그걸 왜 나한테 물어보냐? 기관진식 만든 놈 마음이지.]

[…….]

[해골 굴리지 말고 간단히 생각해라. 여기서 죽든지, 기관진식이 나오지 않을 때까지 풀고 밖으로 나가든지, 둘 중 하나다.]

마치 남의 일을 말하듯이 태연한 이강의 말투.

하지만 그의 말이 옳았다. 지금은 선택의 여지가 없었다.

무명은 공터를 살펴봤다.

공터는 원형으로, 지름이 오 장쯤 되었다. 또한 천장은 공을 반으로 잘라놓은 듯한 둥근 모습이었다.

거한이 통로에서 공터로 들어가다가 무엇을 발견했는지 말했다.

"이게 뭐야? 무기 아냐?"

통로를 나오자마자 좌우 벽면에 삼 단으로 된 선반이 있었다.

선반 위에는 수많은 병장기들이 놓여 있었다. 병장기는 길이가 짧은 단곤(短棍)에서 사람 키보다 긴 장봉(張奉)까지 종류가 다양했다. 또한 용도를 알기 힘든 물건도 많았다.

거한이 병장기를 이것저것 둘러봤다.

"쌍절곤은 없나? 남자의 무기인데."

여자가 피식 웃으며 말했다.

"고작 쌍절곤? 난 굵은 장봉 잘 쓰는 남자가 좋더라."

"고수는 무기를 가리지 않는 법이야."

"좋을 대로 하셔. 그러니까 인기가 없지."

거한과 여자는 한마디도 지지 않고 대꾸를 했다.

그런데 공터 중앙으로 걸어가던 거한이 갑자기 몸을 휘청거리며 소리쳤다.

"으아아악! 뭐, 뭐야?"

그는 두 손을 휘저으며 막 앞으로 뻗던 발을 뒤로 뺐다. 그리고 간신히 넘어지지 않은 채 자리에 섰다.

"빌어먹을! 떨어질 뻔했잖아!"

무명은 앞으로 한 발 나가다가 깜짝 놀라고 말았다.

공터 중앙의 바닥에 지름이 일 장을 넘어 보이는 커다란 굴이 뚫려 있었던 것이다.

굴은 공터처럼 가장자리가 반듯한 원형이었다. 자연적으로 생성된 게 아니라, 인공적으로 만들었다는 뜻이다.

무명은 몸을 내밀어 굴을 살폈다.

굴은 밑을 향해 수직으로 뻗어 있었다. 그런데 밑은 시커먼 암흑만 있을 뿐 바닥이 어딘지 전혀 알 수가 없었다.

그때 이강이 선반에서 단곤을 집어서 굴 아래로 집어 던졌다.

휘익.

단곤이 암흑 속으로 떨어졌다.

"이러면 얼마나 깊은지 알 수 있겠지."

무명과 흑도 무리는 단곤이 바닥에 떨어지기를 기다렸다.

그러나 이강의 생각은 빗나갔다. 시간이 한참 지났지만 단곤이 바닥에 닿아 부딪치는 소리는 들리지 않았다.

거한이 놀란 얼굴로 말했다.

"아무 소리도 안 들리잖아? 누구 떨어지는 소리 들은 사람?"

"……"

아무도 그 말에 대답하지 못했다.

강호에서 사대악인으로 불리는 흑도 무리. 하지만 그들 중 어느 누구도 단곤이 떨어지는 소리를 듣지 못했던 것이다.

내공이 가장 심후한 이강마저도.

이강이 씨익 웃으며 말했다.

"바닥이 없는 무간지옥인가?"

그렇다. 수직으로 난 굴은 암흑밖에 보이지 않는 공동(空洞)이었다.

거한이 투덜거렸다.

"젠장. 구멍이라길래 나갈 수 있는 줄 알았더니 좋다 말았군."

그때 무명이 무언가를 발견했다. 그가 검지로 위를 가리키며 말했다.

"아직 단념하는 것은 이르오."

고개를 들던 흑도 무리가 동시에 소리를 질렀다.

"오오오! 탈출구다!"

"이야호! 저리로 나가면 되겠네!"

무명이 가리킨 곳, 밑으로 파진 굴 바로 위의 천장에 똑같은 크기의 굴이 위쪽을 향해 뻗어 있었던 것이다.

"당장 나가자!"

휙! 거한이 급한 성정을 참지 못하고 몸을 날렸다.

"으하하하! 지긋지긋한 지하 감옥은 내가 가장 먼저 나간다!"

굴의 벽면을 발로 차며 위로 도약한 그는 계속해서 다시 반대편 벽면을 발로 찼다. 좌우 벽면을 차면서 갈 지(之) 자로 뛰어오르는 수법이었다.

그렇게 몇 번을 위로 뛰어올랐을까.

거한은 중간에 힘을 잃었는지 더는 도약하지 못하고 아래로 떨어졌다.

"우와아악!"

그는 아래쪽 굴의 가장자리를 손으로 짚으며 추락을 피했다. 만약 조금만 굴 중앙을 향했더라면 끝을 모르는 무간지옥으로 떨어졌으리라.

간신히 바닥에 올라온 거한이 숨을 몰아쉬며 말했다.

"허억허억! 죽는 줄 알았네!"

"외공(外功)만 수련하고 경신법(輕身法)을 게을리하니 몇 장 못 올라가는 게 당연하지."

여자가 비웃자 거한이 반박했다.

"그게 아냐! 저 위에 분명 빛이 보이기는 하는데 끝이 어디인지 알 수가 없어! 아무리 올라가도 그게 그거라고!"

하지만 여자는 거한의 변명을 들은 체도 안 했다.

"이런 건 나한테 맡기라고. 사내들은 거추장스러운 물건이 달려 있어서 경신법으로는 이 몸한테 안 되거든. 아하하하!"

여자가 허리를 좌우로 굽히는 등 몸을 풀었다.

"좋았어. 그럼 가보실까?"

그런데 여자가 막 굴을 향해 뛰려는 순간이었다.

갑자기 무언가가 뱀처럼 날아들어서 여자의 발목을 칭칭 감고 늘어졌다.

촤르르륵!

"뭐, 뭐야?"

여자의 발목에 감긴 것은 굵은 쇠사슬이었다. 쇠사슬은 마치 손으로 한 것처럼 발목을 빙 둘러서 매듭이 묶여 있었다.

"네년이 경공 하나 뛰어난 것은 인정한다."

쇠사슬의 끝을 쥐고 있는 자, 이강이 말했다.

"그래서 그냥 내버려 둘 수가 없군. 혼자 지상으로 올라가서 밧줄도 내려주지 않고 가버리면? 우리는 지붕에 올라간 닭 쳐다보는 개 꼴이 될 게 아니냐?"

"……."

이강의 말이 정곡을 찔렀는지 여자는 침묵했다.

거한이 웃음을 터뜨렸다.

"크하하하! 혼자 도망치려고 했던 모양인데, 꼴좋구나!"

여자는 똥 씹은 표정으로 반박하지 않았다.

무명은 새삼 이강의 치밀함에 놀랐다. 사대악인인 여자가 탈출에 성공하면 그냥 가버릴 거라 예상한 것은 크게 놀랍지 않았다.

무명이 감탄한 것은 이강의 빠른 판단이었다. 병장기가 즐 비한 선반에서 언제 쇠사슬을 찾아낸 것일까?

쇠사슬은 이강의 발 옆에 뱀이 똬리를 튼 것처럼 놓여 있었 는데, 여분이 충분해 보였다. 즉 여자가 수십 장을 올라가더라 도 중간에 발목을 잡아당길 일은 없으리라.

게다가 이강은 공중에 한 번 던진 것만으로 여자의 발목을 고랑 채우듯 묶어버렸다.

그는 두 눈조차 없지 않은가!

이강이 고개를 돌리며 전음을 보냈다.

[놀랄 것 없다. 두 눈 박히고서도 소경보다 못한 놈들이 천 지 아니냐.]

무명은 이강의 무위가 어느 정도일지 예측할 수 없었다.

잠시 침음하고 있던 여자가 결심했는지 말했다.

"좋아. 혼자서 도망치지 않을 테니까 안심해. 이 몸의 신법이나 구경하라고."

여자가 몸을 돌리더니 바닥을 차고 날아올랐다. 그리고 거한처럼 굴의 좌우 벽면을 갈 지(之) 자로 번갈아 차며 도약했다.

탓탓탓!

여자의 발목을 묶은 쇠사슬이 순식간에 팽팽해졌다. 이강의 발 옆에 있는 쇠사슬 더미가 요란한 소리를 내며 풀려 나갔다.

촤르르르!

곧 엄청난 양의 쇠사슬이 풀려 나갔다. 여자가 상당한 높이를 올라갔다는 뜻이었다.

그런데 무명은 문득 의문이 생겼다.

지금까지 거쳐온 방들처럼 이곳 역시 어떤 기관진식이 설치되어 있지 않을까?

만약 그렇다면…….

불길한 예감은 현실이 되었다.

"이런 젠장!"

여자가 소리를 지르면서 굴 아래로 떨어졌다.

여자가 추락했다.

위쪽 굴은 공터를 지나쳐서 아래쪽 굴과 일직선으로 나 있었다. 그대로 떨어진다면 바닥이 어딘지 알 수 없는 굴로 빠져 버릴 상황이었다.

그러나 여자의 경신법은 확실히 남달랐다.

무간지옥 굴로 추락하려는 찰나, 여자의 신형(身形)이 공중에서 빙글 회전했다.

휘릭!

동시에 여자가 허공을 발로 찼다.

탓!

아래쪽 굴로 떨어지던 여자는 반탄력으로 몸을 다시 띄웠다. 그리고 굴의 반대편 공터에 착지하는 데 성공했다.

무명은 혀를 내둘렀다. 여자의 경신법은 거한하고는 비교할 수도 없었다. 과연 이강이 인정할 만했다.

하지만 거한은 그 사실을 인정하고 싶지 않은지 여자를 비웃었다.

"물건이 없어서 잘 뛴다더니, 그게 그거잖아? 오호라! 네년은 가슴 때문에 더 무겁냐? 크하하하!"

거한이 숨을 헐떡이고 있는 여자의 가슴골을 빤히 쳐다봤다.

"고개 안 돌리면 눈깔 뽑아버린다?"

"어이쿠, 무서워라!"

이강이 싸늘한 시선으로 말했다.

"네년의 경신법 하나만큼은 믿었는데, 실망이군."

"네가 올라가 봐! 벽에서 이상한 액체가 흐른다고!"

여자가 검지로 위쪽 굴을 가리켰다.

"오 장쯤 올라갔을 때 갑자기 벽이 미끄러워졌어. 벽에 온통 기름칠을 한 것 같다고. 발 디딜 곳이 없는데 무슨 수로 올라가란 말야?"

"네년 경신법은 허공답보(虛空踏步) 수준으로 알았는데?"

"내가 무슨 신선이냐? 말이 허공답보지, 사람이 어떻게 수직으로 수십 장을 날아? 정말 그런 능력이 있으면 낙양에서 강남까지 날아다니겠다!"

"흐음."

이강은 팔짱을 끼며 말을 멈췄다. 여자를 책망해 봤자 소용없다고 생각했던 것이다.

꼽추가 코를 킁킁거리면서 말했다.

"석유(石油) 냄새가 나는군."

"석유? 색목인(色目人)이 불을 피울 때 쓴다는 기름 말이냐?"

이강이 묻자 꼽추가 고개를 끄덕였다. 그가 무릎을 꿇고 땅을 살폈다.

"벽에 일부러 기름칠을 한 게 아냐. 여기 지질을 볼 때 땅에서 석유가 스며 나오는 것 같군."

여자가 욕지거리를 했다.

"쌍! 어쩐지 벽이 기름 범벅이더라니!"

굴 반대편에 착지한 여자는 가장자리를 빙 돌아서 이쪽으로 오려고 했다.

그때 여자가 비명을 질렀다.

"꺄아아악!"

여자가 뒷걸음질 치면서 공터 구석을 가리켰다.

"여, 여기 시체가 있어!"

"시체라고?"

무명과 흑도 무리는 굴을 빙 돌아서 여자에게 갔다.

시체는 통로와는 정반대편의 공터 구석에 있었다.

지금 공터를 밝히고 있는 것은 무명이 들고 있는 작은 기름
불과 약방에서 가져온 기름불이 전부였다. 때문에 어두운 공
터 반대편에 시체가 있다는 사실을 아무도 알아차리지 못했
던 것이다. 또한 다들 굴을 통해서 탈출하는 데만 급급했던
탓도 있었다.

무명과 흑도 무리가 시체 앞에 섰다.

무명은 기름불을 들어 시체를 밝히다가 멈칫했다. 시체의
모습이 괴이하기 짝이 없었기 때문이다.

시체는 바싹 말라붙어서 살가죽에 뼈만 남은 미이라였다.

마치 고목나무에 가죽을 뒤집어씌운 듯한 몰골.

어두운 지하에서 난데없이 미이라를 봤으니, 여자가 비명을
지른 것도 무리가 아니었다. 차라리 해골이 놓여 있는 쪽이
덜 끔찍하리라.

시체는 청색 관복을 입고 있는 것으로 보아, 생전에 관직에

있던 자임을 알 수 있었다.

그런데 시체가 괴이한 이유가 하나 더 있었다.

바로 시체의 자세였다.

시체는 벽을 등진 채 책상다리를 하고 앉아 있었다. 또한 왼손 손바닥은 위로 향하고, 오른손은 다섯 손가락을 펴며 무릎 밑으로 늘어뜨리고 있었다.

무명이 무심코 중얼거렸다.

"항마촉지인(降魔觸地印)……."

"항마촉지인? 시체가 부처의 수인(手印)을 하고 있다는 거냐?"

"그렇소."

이강의 물음에 무명이 대답했다.

피골이 상접한 미이라는 가부좌를 튼 것도 모자라 부처의 손 모양을 하고 있었던 것이다.

거한이 침을 퉤 뱉으며 말했다.

"지랄 염병! 무슨 놈의 시체가 죽으면서 성불까지 하려고 들어?"

다른 때 같았으면 거한에게 여자가 한마디 하거나 이강이 독설을 내뱉었을 것이다.

하지만 둘 다 아무 말이 없었다. 미이라의 괴이한 자세는 그만큼 보는 이로 하여금 불안감을 느끼도록 만들었다.

거한이 압박감이 심한지 말했다.

"쳇. 굶어 죽어서 미이라가 됐단 말이지? 그래, 애초에 여길 탈출할 방법 따위는 없었어. 우리는 죄다 여기서 굶어 죽을 거라고!"

그때 꼽추가 그의 말을 막으며 끼어들었다.

"이 시체, 아사(餓死)한 게 아니다."

"뭐야? 그럼 어떻게 죽었는데?"

"지법에 당한 것 같다."

지법(指法)은 손가락을 써서 점혈하거나 상대를 제압하는 수법이었다.

"여기를 봐라."

꼽추가 시체를 가리키자 모두의 시선이 집중됐다.

그의 말대로였다. 시체의 가슴팍에 반 치가량 되는 구멍이 뻥 뚫려 있었던 것이다.

구멍은 딱 어른 손가락 하나가 들어갈 만한 크기였다. 또한 살가죽을 뚫은 것도 모자라 속의 가슴뼈조차 깨끗하게 구멍 나 있었다.

마치 조각칼로 두부를 도려낸 것처럼.

거한이 피식 웃음을 터뜨렸다.

"하하, 손가락으로 가슴뼈에 구멍을 뚫었다고? 그게 말이 돼?"

"말이 된다, 등신아."

거한의 말을 반박한 자는 이강이었다.

"사람 몸에 이렇게 깨끗하게 구멍을 뚫는 것은 분명 쉽지 않다. 하지만 그 무공이라면……."

무명이 자기도 모르게 이강의 말을 받았다.

"대력금강지(大力金剛指)."

"네놈도 알아차렸군."

대력금강지는 중원무림의 태산북두인 소림사의 절기 중 하나였다.

거한도 그 사실을 알고 있는지 말했다.

"대력금강지? 그럼 소림 땡초 놈들이 이놈을 죽였다는 거냐?"

"꼭 그렇다고 볼 수는 없지."

"그건 또 무슨 소리냐?"

"소림 무공을 반드시 소림사 놈들만 쓴다는 법은 없으니까. 어떤 놈이 소림 무공을 훔쳐 배워서 썼을 수도 있지. 그게 아니면."

"그게 아니면 뭔데?"

"대력금강지가 아니라 다른 무공일 가능성도 있다."

"뭐야? 대력금강지가 아니면 사람 몸에 구멍 뚫기 어렵다고 네 입으로 말했으면서……."

거한이 따지고 들 때였다.

이강이 돌벽을 향해 손을 내질렀다.

팍!

이강의 검지가 돌벽에 깊숙이 박혔다.

그가 손을 회수했다. 그러자 돌벽에는 마치 정과 망치를 쓴 것처럼 반 치가량의 구멍이 깨끗하게 뚫려 있었다.

"난 대력금강지를 배운 적도 없고 쓸 줄도 모른다. 하지만 어떠냐? 물론 사람 몸에 구멍을 뚫는 것은 이것보다는 훨씬 어렵겠지."

"……."

거한은 침을 꿀꺽 삼킬 뿐 더는 말을 못했다.

여자와 꼽추도 이강의 무위에 놀랐는지 침음하고 있었다.

하지만 무명의 생각은 조금 달랐다. 무공의 종류가 무엇인 지는 중요하지 않았다. 중요한 것은 시체의 모습이었다.

가부좌를 틀고 앉아서 부처의 수인을 하고 있는 시체. 지금 까지 거쳐온 방 중에서도 가장 괴이한 장면이었다.

문제는 시체가 스스로 이런 자세를 취했을 리 없다는 것이 었다.

살수는 대력금강지, 또는 그만한 위력의 지법으로 단번에 시체의 심장을 꿰뚫었다. 그런 다음 시체를 괴이한 모습으로 만들어놓은 게 틀림없었다.

무명은 살수의 의도를 이해할 수 없었다.

대체 왜? 설마 거한의 말처럼 성불하라는 뜻이란 말인가?

그때 그의 시선에 무언가가 들어왔다.

"저건 혹시……?"

무명은 이강이 구멍을 낸 돌벽으로 다가갔다.

거한이 비웃으며 말했다.

"서생 놈, 평생 글만 읽다가 강호 무공을 보니 신기한 게로군."

"그게 아니오."

무명이 거한의 말을 반박했다.

"돌벽에 글귀가 새겨져 있소."

"뭐라고?"

흑도 무리는 머리를 모으고 돌벽을 살폈다.

여자가 말했다.

"정말 글자가 새겨져 있어! 관자재보살……. 이거 대체 무슨 뜻이야?"

"보살? 불경(佛經)인가 보군."

이강이 답하자, 여자가 반문했다.

"그건 나도 알아. 내 말은, 하필 불경을 왜 여기다 새겨놓은 거냐고?"

"그걸 왜 나한테 묻냐? 후후후."

무명도 여자의 말에 동감이었다.

그는 기름불을 들고 벽에 새겨진 글자들을 살폈다. 글자의 크기는 동전만 했다. 그런 글자들이 돌벽 위에 가로세로로 빈틈없이 들어차 있었다. 만약 무명이 발견하지 않았더라면 아무도 알아차리지 못했으리라.

무엇보다 글자들이 하나같이 불경이라는 점이 괴이했다.

여자가 기가 막히는지 혀를 찼다.

"불심이 깊은 거야, 아니면 미친 거야? 여기서 이런 거 새기고 있으면 머리가 이상해지지 않나?"

"미친 거다. 애초에 정신병자 아니면 이런 곳을 만들 생각도 하질 않았을 테니까."

"……."

이강의 말에 모두는 침음했다.

갑자기 꼽추가 무슨 생각이 들었는지 여자에게 물었다.

"저 굴 위에 탈출구가 있는 건 분명하냐?"

"작지만 빛이 보이는 걸로 봐서 밖으로 연결된 게 틀림없어. 하지만 얼마나 올라가야 될지는 모르겠어."

"벽이 미끄러워서 발 디딜 곳이 없다고 했지?"

"그래. 완전 기름투성이라니까."

"그럼 이렇게 하면 어떠냐?"

꼽추는 굴을 빙 돌아서 병장기가 놓인 선반으로 갔다. 그러더니 어떤 병장기를 집어 들었다.

"이걸 벽에 꽂아 넣는다면?"

"좋은 생각이야!"

그가 집어 든 병장기는 쇠로 된 단곤(短棍)이었다.

"판관필이라면 더 좋았겠지만, 이걸로 충분하다. 네가 날 붙잡고 뛰면 일정 거리마다 단곤을 하나씩 벽에 박겠다."

무명은 꼽추의 말을 이해했다.

그는 단곤을 벽에 박아서 발판을 만들겠다는 생각이었다.

여자가 꼽추를 안고 도약하면, 꼽추가 단곤을 벽에 박아 넣는다. 여자는 힘이 다해서 떨어질 때 단곤을 밟고 다시 반탄력을 얻을 수 있을 것이다. 꼽추의 손아귀는 평생 칼을 잡아서인지 근육이 불거져 있었다. 쇠로 된 단곤을 돌벽에 박아 넣는 것쯤은 그에게 식은 죽 먹듯 쉬우리라.

여자의 경신법과 꼽추의 악력이 아니라면 불가능한 계획.

거한이 신을 내며 소리쳤다.

"뭐 하고 있어? 빨리 올라가지 않고!"

그는 꼽추를 도우려고 선반에서 단곤을 모아주기까지 했다.

하지만 무명은 그들을 바라보며 고개를 저었다. 그 방법으로 이곳을 탈출할 수 있을지 의문이었다.

지금까지 거쳐온 방은 모두 기관진식을 풀어야 탈출이 가능했다.

그런데 경신법만으로 이곳을 탈출할 수 있다고? 그렇다면 굳이 방마다 기관진식을 설치해 놓을 이유가 없지 않은가?

이강도 같은 생각인지 전음을 보냈다.

[지들 하고 싶은 대로 하게 내버려 둬라.]

[그러다 실패하면?]

[죽기밖에 더하겠냐?]

[······]

[놈들 걱정은 집어치우고 네놈은 기관진식이나 풀어라.]

인정(人情)은 없었지만 이강의 말이 옳았다. 탈출하기 위해서는 각자 자기 할 일을 하는 게 최선이었다.

문제는 기관진식이 무엇인지 알 수 없다는 것이었다.

먼저 두 개의 방과는 달리, 지금 공터는 기관진식 자체가아예 없지 않은가?

무명은 기름불을 들고 다시 한번 공터를 살폈다.

하지만 아무리 봐도 실마리는커녕 기관진식의 유무(有無)조차 알 수 없었다.

괴이한 모습의 시체, 불경이 새겨진 돌벽, 병장기가 놓인 선반, 그리고 위아래 수직으로 나 있는 굴.

위로 난 굴을 통해 탈출하는 것 말고는 해답이 떠오르지않았다.

무명이 난감해하고 있을 때, 여자와 꼽추가 위로 올라갈 준비를 끝냈다.

품에 한가득 단곤을 든 꼽추를 여자가 등 뒤에서 끌어안았다.

"너, 흑심 품으면 양물 뽑아버린다."

"걱정 마라. 난 여자 몸에는 관심 없다. 여자 고기라면 모를까."

여자가 깊게 심호흡을 하더니 일갈했다.

"준비됐지? 간다!"

탓! 여자와 꼽추가 동시에 발을 구르며 굴 속으로 들어갔다.

여자가 굴의 벽면을 차는 소리가 들렸다. 탓탓탓. 여자의 발목과 연결된 쇠사슬 더미가 빠르게 풀려 나가기 시작했다. 촤르르르.

곧 쇠사슬 더미는 먼저보다 훨씬 많은 양이 풀려 나갔다.

무명은 풀려 나간 쇠사슬의 길이를 어림짐작해 봤다. 둘은 이미 십 장 이상 올라갔으리라.

지금부터가 중요했다. 이제 꼽추가 쇠로 된 단곤을 박아 넣을 차례였다.

곧 단곤을 돌벽에 박는 소리가 들렸다.

떠엉, 떠엉, 떠엉…….

그런데 소리를 듣는 찰나, 무명은 양 눈썹을 찡그렸다.

무언가 잘못된 게 분명했다.

순간 여자와 꼽추가 굴 위에서 아래로 추락했다.

"아아아아악!"

허공에서 균형을 잡지 못한 둘은 그대로 바닥이 보이지 않는 굴 속으로 떨어졌다.

꼽추가 돌벽에 단곤을 박아 넣었다.

떠엉 떠엉 떠엉…….

그 소리를 듣는 순간, 무명은 실패했다는 것을 직감했다.

쇠로 된 단곤을 벽에 박아 넣는다면 돌가루가 부서지는 소리가 나야 정상이었다. 그런데 위에서 들린 것은 마치 절에서 범종을 칠 때 나는 것처럼 쇠로 쇠를 때리는 소리였다.

그게 뜻하는 것은 하나였다.

단곤은 돌벽에 박히지 않았던 것이다.

돌벽은 석유가 스며 나와서 미끄러운 상태다. 여자는 꼽추가 돌벽에 박은 단곤을 밟고 재차 도약할 힘을 얻어야 했다.

하지만 단곤이 돌벽에 박히지 않으니, 둘은 속절없이 추락해 버린 것이었다.

수십 장 높이에서 떨어지다가 몸을 반전시켜서 날아오르는 것은 오직 새만이 가능한 일.

여자와 꼽추가 비명을 지르면서 아래 굴로 떨어졌다.

"아아아아악!"

"끄아아아……."

그때였다.

이강이 풀려 나가던 쇠사슬을 재빨리 움켜쥐었다. 동시에 팔을 휘둘러서 공중에 여(呂) 자 모양으로 두 개의 원을 그리기 시작했다. 그러자 쇠사슬이 실을 감는 것처럼 그의 팔에 뭉치기 시작했다.

촤르르르륵!

쇠사슬이 팽팽해지는 찰나, 이강이 팔을 뒤로 홱 젖혔다.

철컥!

여자의 발목에 감긴 쇠사슬이 꽉 잠기는 소리가 났다.

이강이 양손으로 쇠사슬을 잡아당기며 몸을 뒤로 날렸다.

"하앗!"

발목에 쇠사슬이 묶인 여자가 낚싯바늘에 걸린 물고기처럼 굴 밑에서 위로 올라왔다. 이어서 꼽추도 굴 위로 모습을 드러냈다. 여자가 꼽추의 뒷덜미를 붙잡고 놓지 않았던 것이다.

이강이 쇠사슬을 쥔 채 팔을 튕겼다. 그러자 쇠사슬이 살아 움직이듯이 여자의 발목을 잡아당겼다.

쇠사슬은 기세를 멈추지 않고 여자와 꼽추를 공터 구석에 처박았다.

털퍼덕!

그제야 이강은 팔에 감긴 쇠사슬을 풀어서 바닥에 팽개치는 것이었다.

철그럭.

무명은 침을 꿀꺽 삼키며 침음했다.

수십 장 높이에서 균형을 잃고 떨어지는 어른 두 명을 낚시하듯이 쇠사슬을 당겨서 구해내다니? 이강의 무공 수위는 대체 어느 정도란 말인가?

직접 보지 않고 말로만 들었더라면 절대 믿지 못할 장면.

그런데 이강은 별거 아니라는 듯 이렇게 말하는 것이었다.

"월척인 줄 알았더니 피라미 두 마리로군."

그의 태연한 말투에 무명은 혀를 내둘렀다.

여자와 꼽추가 몸을 일으켰다. 둘의 두 발은 아직도 후들거리고 있었다. 저승 문턱까지 갔다가 간신히 목숨을 건졌으니, 무리도 아니었다.

둘이 이강을 보며 감사를 표했다.

"고마워."

"덕분에 살았군."

"고마워할 필요 없다."

이강이 피식 웃으며 말했다.

"여기서 나가려면 한 놈이라도 더 있는 쪽이 나아서 올려준 거니까. 혹시 마음이 바뀌어서 네놈들 목숨을 빼앗더라도 그때 원망하지나 말아라."

"……."

이강의 냉정한 말에 여자와 꼽추는 입을 다물었다.

잠시 후 여자가 말했다.

"쇠사슬이나 풀어줘. 저 위로는 절대 못 나가니까."

"쓸모없는 년이군."

"나보고 어쩌라는 거야? 십여 장을 넘게 올라가도 빛만 보이지 출구가 안 나온단 말야!"

"됐다. 네년을 믿었던 게 잘못이지."

이강이 팔을 휘둘러서 여자의 발목에 묶인 쇠사슬을 풀었다.

"아얏!"

여자가 비명을 질렀다. 쇠사슬이 묶여 있던 발목 부근, 복사뼈의 살갗이 벗겨져서 피가 흐르고 있었다.

상처는 꽤 깊었다. 자신과 꼽추의 몸무게가 쇠사슬에 집중되었으니, 당연했다. 그 바람에 상처에서 튄 핏방울이 곳곳에 흩뿌려져 있었다.

"살살 좀 끌어 올리지!"

"그랬다가 쇠사슬이 풀렸으면 네년이랑 저놈 모두 무간지옥에 떨어졌을 텐데?"

여자는 불평을 그쳤다. 이강 덕분에 목숨을 건졌으니 할 말이 없었던 것이다.

이강이 이번에는 꼽추를 책망했다.

"네놈도 쓸모없긴 마찬가지군."

"석유가 나온다길래 쉽게 구멍이 뚫릴 줄 알았는데, 착각이었어. 무슨 돌벽이 금강석만큼 단단하더군."

"그래서 고작 한다는 게 비명을 지르면서 떨어진 거냐?"

"그럼 어떡하냐? 칼이라도 있어야 돌벽에 틈을 내볼 텐데, 여기 있는 거라곤 다 곤이나 봉뿐이다. 날붙이는 하나도 없다고!"

얼음처럼 싸늘하던 꼽추도 말소리가 높아졌다. 실패의 충격이 큰 것 같았다.

"결국 믿을 건 네놈밖에 없군."

이강이 무명에게 고개를 돌리며 말했다.

"이 방의 기관진식을 풀어라."

혹도 남녀 셋도 지그시 무명을 쳐다봤다. 약방에서의 활약을 다시 보여줄 거라 기대하는 눈치였다.

하지만 정작 무명은 난감하기만 했다.

그는 의문이 들었다. 이곳이 기관진식 방이 맞기는 한가?

먼저 두 개의 방과는 달리 지금 공터는 어떤 실마리나 기계장치도 찾을 수 없었다.

기관진식이 무엇인지 알아야 풀든 말든 할 게 아닌가?

무명은 일단 굴 가장자리에 선 다음 위를 올려다봤다.

멀리 굴이 끝나는 곳에 한 점의 빛이 보였다. 굴이 지상과 이어져 있다는 증거였다.

문제는 경신법이 특기인 여자도 올라가는 데 실패한 높이였다.

무명은 문득 의심이 들었다.

정말 저 위로 나가면 이곳을 탈출할 수 있을까?

지금으로서는 굴이 끝나는 곳이 십여 장 위인지, 아니면 수십 장을 더 올라가야 되는지조차 알 수 없었다. 게다가 돌벽은 기름이 흘러서 미끄러우며, 단곤이 박히지 않을 만큼 단단했다.

무엇보다 밑에 똑같은 크기의 굴이 있다는 게 치명적이었다.

물건 떨어지는 소리가 들리지 않을 만큼 깊이를 알 수 없는 구렁텅이.

만약 아래쪽 굴이 없었다면? 바닥에 돌이나 물건 등을 쌓아서 탑을 만들 수 있었으리라.

하지만 헛된 희망이었다.

무명은 입술을 질끈 깨물었다.

마치 희망과 절망이 동전의 양면인 것처럼, 빛이 보이는 탈출구와 바닥이 없는 사지(死地)가 서로 맞닿아 있는 곳.

사람은 아무 희망이 없을 때 절망한다. 그러나 작은 희망만 주어져도 포기하지 않고 실낱같은 줄을 잡으려 한다.

이곳에 갇힌 자는 시간이 지날수록 광기(狂氣)에 몸과 마음을 빼앗기고 말리라.

무명이 계속 말없이 있자, 거한이 답답한지 소리쳤다.

"서생 놈아! 기관진식 푸는 방법은 아직이냐?"

"……."

"벽에 새겨진 게 전부 불경 맞냐? 글귀 중에 먼저 약방문처럼 실마리가 있는 거 아냐?"

"그럴 것 같지는 않소."

무명이 고개를 저으며 말했다.

"아까 잠시 살펴봤는데 불경 말고 다른 글귀는 찾지 못했소."

"진짜냐? 뭐 그래? 어떤 미친놈이 이런 데다 불경을 새기고 지랄이야!"

입으로 말은 안 했지만 무명도 거한의 말에 동감이었다.

이곳을 만든 사람은 진짜 미친 자였다.

그때 어떤 생각이 뇌리를 스치고 지나갔다.

"불경?"

무명이 여자를 돌아보며 물었다.

"아까 벽에서 읽은 글귀가 무엇이었소?"

"이거 말야?"

여자가 벽에서 글귀를 찾은 다음 읽어 내려갔다.

"관자재보살행심반야바라……. 아아, 더 읽다간 돌아버리겠네! 무슨 글이 글 같지 않고 개방귀 소리가 나? 중들은 진짜 맨날 이런 걸 읽는대?"

여자가 불평을 터뜨리며 읽기를 멈췄다.

그러나 무명의 머리는 빠르게 회전했다.

그녀가 읽은 것은 바로 반야심경(般若心經)이었다. 그렇다면……

위아래로 뚫린 굴. 병장기가 놓인 선반. 불경이 새겨진 돌벽. 그리고 앉아 있는 시체.

무명이 침을 꿀꺽 삼키며 중얼거렸다.

"설마 그럴 리가?"

이강이 생각을 읽었는지 물었다.

"기관진식 해법을 알아낸 거냐?"

흑도 남녀 셋도 눈빛을 반짝거리며 무명을 쳐다봤다.

"뭐야? 그게 진짜냐?"

"말해봐! 어떻게 하면 여기서 나갈 수 있는데?"

"……."

그러나 무명은 좀처럼 입을 열 수가 없었다.

왜냐면 자신이 깨달은 결론이 말 그대로 미친 짓이었기 때문이다.

그는 말을 꺼낼지 말지 고민했다. 과연 혹도 무리가 자신의 말을 믿어줄 것인가? 아니, 미친놈 취급을 받지 않는다면 다행일 것이다.

하지만 가만히 있다가는 어차피 지하에 갇힌 채 굶어 죽을 상황이지 않은가?

아니면 망자가 되어 죽든지.

무명은 결심했다. 그리고 천천히 입을 열었다.

"이곳은 기관진식 중에서 진식(陣式)을 만들어놓은 장소요."

거한이 고개를 갸웃거리며 물었다.

"뭔 소리야? 기관이든 진식이든 뭐가 다르다고?"

"전혀 다르오. 기관은 기계장치로 만든 함정이나 탈출구지만, 진식은 주역을 쓰거나 사람의 심리를 읽어서 만들기 때문이오. 해서 진식은 대형 건물이나 전쟁터에서 주로 사용되오. 전쟁터에 기계장치를 설치해 봤자 금세 부수어질 테니까."

"전쟁터에서 사람 심리를 읽는다고? 그냥 냅다 죽이면 되지, 뭔 개소리냐?"

"그렇지 않소."

거한이 비웃었지만, 무명은 설명을 계속했다.

"손자병법을 쓴 손무의 후손, 손빈의 일화를 아시오?"

"모른다. 어떤 거렁뱅이인데?"

"고서에 따르면, 손빈은 거짓 퇴각을 해서 방연이란 적을 어두운 골짜기로 유인했다고 하오. 그런 다음 고목의 껍질을 벗겨서 글귀를 새겨두었소. 방연은 글귀를 읽으려고 부하를 시켜서 불을 밝히게 했소. 그런데 실은 불이 켜지는 게 신호였던 것이오. 횃불을 향해 수만 개의 화살이 빗발치듯 날아들었고, 방연은 고슴도치 꼴이 되어 죽었소."

"……."

거한은 손빈의 일화가 놀라운지 말을 삼켰다.

여자가 궁금한지 물었다.

"고목에 새긴 글귀가 뭔데?"

"방연은 이 나무 아래에서 죽는다."

"적을 도발하면서 죽이다니, 대단한 심계(心計)인데!"

"그렇소. 손빈이 만든 진식은 타인의 심리를 이용한 것, 즉 심계의 일종이라고 할 수 있소."

무명이 고개를 끄덕이며 말을 이었다.

"촉의 승상인 제갈량 역시 진식의 달인이었소. 그가 만든 팔진(八陣)은 멀리서 보면 하나의 돌무더기에 불과하지만 실은 기문둔갑의 요새였소. 함부로 들어간 자는 절대 밖으로 나오지 못한 채 제자리를 빙빙 맴돌았다고 하오."

"지금 우리 꼴이 그 모양이군, 후후후."

이강이 웃음을 흘리며 말했다.

"그래, 여기 있는 진식은 어떤 거냐?"

"이것이오."

무명이 검지를 들어 무언가를 가리켰다.

흑도 무리가 고개를 들어 무명의 검지를 좇았다. 그가 가리
킨 것은 다름 아닌 위쪽을 향해 난 굴이었다.

"이 굴이 바로 이 방에 설치된 진식이오."

여자가 고개를 갸웃거리며 물었다.

"그냥 굴 뚫어놓은 게 무슨 놈의 진식이야? 높아서 못 올라
가는 것뿐이잖아?"

"높아서 못 올라간다, 과연 그럴까?"

무명이 날카로운 목소리로 반문했다.

"저 위로 나가면 지상이 나온다는 게 확실하오?"

"위에서 빛이 보이는데 당연하지."

"빛? 빛이 보인다고 반드시 지상으로 연결된다고 할 수는
없소."

"그게 무슨 뜻이야?"

"만약 거울을 비스듬히 놓아서 빛을 반사시킨 장치가 있다
면?"

"아아……."

무명의 말을 이해했는지 여자가 신음성을 내뱉었다.

이강이 두 눈썹을 구기며 되물었다.

"실은 저 위의 굴은 막혀 있는데 거울로 다른 곳의 빛을 반사시켜서 마치 지상으로 뚫려 있는 것처럼 꾸몄다는 말이냐?"

"그렇소."

"……네 말이 사실이라면 그야말로 놀랄 노 자로군."

무슨 일이 있어도 태연한 이강마저 말을 삼키며 침음했다.

하지만 거한은 못 믿겠다는 듯 일갈했다.

"대체 어떤 미친놈이 그런 짓을 해?"

"당신 같은 자들을 속이기 위해서요."

"뭐야?"

"물론 거울이 있다고 확신할 수는 없소. 내가 말하고 싶은 것은, 이 굴은 단지 눈속임에 불과하다는 것이오."

"눈속임?"

"그렇소. 이곳을 탈출할 수 있다고 믿게 만드는 장치, 즉 일종의 진식이오."

꼽추가 고개를 끄덕이며 중얼거렸다.

"위로 올라가는 방법만 생각하는 놈들은 아까운 시간만 축낸다는 말인가? 제갈량의 팔진에 들어가면 제자리를 빙빙 도는 것처럼."

거한이 버럭 소리를 질렀다.

"그럼 굴은 왜 뚫어놓은 거야? 나가지도 못하는데?"

하지만 무명의 얼굴은 표정 하나 바뀌지 않고 침착했다.

"그래도 모르겠소? 속임수가 있으면 정답도 있는 법."

"저 굴이 정답을 숨기기 위한 속임수라는 거냐?"

"그렇소."

"그럼 정답이 대체 뭐냐?"

무명이 검지를 들어 어딘가를 가리켰다.

"이 방의 탈출구는 여기요."

흑도 무리 넷은 고개를 돌리다가 입을 딱 벌리고 말았다.

무명이 가리킨 곳은 아래를 향해 수직으로 뚫려 있는 구렁텅이였다.

무명이 바닥이 어딘지 알 수 없는 굴을 가리키며 말했다.

"이곳이 이 방의 탈출구요."

"……!"

흑도 무리 넷은 입을 딱 벌리며 경악했다.

네 명의 얼굴이 웃는 것도 우는 것도 아니게 일그러졌다. 무명의 말이 놀라우면서도 어이가 없었기 때문이다.

"이, 이게 탈출구라고?"

거한이 말까지 더듬으며 입을 열었다.

"단곤이 떨어지는 소리도 못 들었잖아? 얼마나 깊은지도 모르는 판에 무슨 놈의 탈출구?"

흑도 무리는 거한의 말에 동감인지 다들 자기도 모르게 고개를 끄덕였다.

이강이 물었다.

"이 밑에 어떤 기관 장치가 있다는 뜻이냐?"

무명은 고개를 저었다.

"그건 나도 모르오."

"뭐라? 그럼 바닥이 없는 굴이 탈출구라는 건 무엇 때문이냐?"

"이 방이 여기가 탈출구라고 말해주고 있소."

여자가 머리를 쥐어뜯으며 말했다.

"아아, 무슨 소리를 하는 건지 모르겠네! 이 방에 대체 뭐가 있는데?"

꼽추도 한마디 거들었다.

"아까 단곤을 집으면서 선반을 살펴봤는데 약장 같은 기관 장치는 찾지 못했다. 게다가 사방팔방은 불경을 새긴 돌벽뿐이다. 대체 어디에 기관진식이 있다는 거지?"

"말했잖소? 이 방은 기관이 아니라 진식이라고."

"……."

"이 방에는 어떤 기관 장치도 설치되어 있지 않소. 대신 방 전체가 제갈량의 팔진과 같은 하나의 진식이오."

무명이 검지를 들어 굴 너머를 가리켰다.

그의 검지가 향한 곳은 병장기가 놓여 있는 선반이었다.

"저 선반에 도검(刀劍) 종류의 병장기는 없을 것이오."

"그건 내가 말했지 않냐? 곤이나 봉밖에 없고 날붙이는 없었다고."

"아니. 당신 말을 듣지 않았다고 해도 이치를 따져서 알 수 있소. 왜냐면."

무명은 방을 한차례 돌아보고는 말을 이었다.

"이곳이 불가의 방이기 때문이오."

"불가(佛家)?"

"그렇소."

"불가의 방이라서 선반에 도검류를 갖다 놓지 않았다고? 그런 황당할 데가……."

꼽추가 그답지 않게 말을 흐렸다. 그만큼 무명의 말은 믿기 힘든 것이었다.

이강이 말했다.

"소림 놈들이 살생을 금한답시고 날붙이 무기를 쓰지 않는 것과 같은 이유냐?"

"맞소. 선반에 각종 기병(奇兵)이 있지만 도검이 하나도 없는 것은 그 때문이오."

거한이 피식 웃으며 끼어들었다.

"웃기는 땡초들! 곤봉으로 죽이든 날붙이로 죽이든 마찬가지지!"

무명은 그를 무시하며 말했다.

"그뿐만이 아니오. 불가의 방이라는 증거는 또 있소."

"돌벽에 새겨진 불경 말하는 거야?"

"그렇소."

여자가 말하자, 무명이 고개를 끄덕였다.

"당신이 읽은 것은 반야심경의 첫 구절이오. 돌벽에 새겨진 글자를 몇 군데 살펴봤는데 불경이 아닌 글귀는 찾아볼 수 없었소. 아마 새겨져 있는 글자는 모두 불경이 아닐까 생각하오."

이강이 착 가라앉은 목소리로 말했다.

"날붙이 없는 병장기, 돌벽에 새긴 불경. 때문에 이곳이 불가의 방이다? 추리가 너무 비약한 것 아니냐? 어쩌다 보니 도검을 갖다 놓지 않았던 것뿐이라면?"

하지만 무명은 고개를 저었다.

"아니. 가장 중요한 증거가 하나 더 있소."

"뭣이?"

"저것이오."

흑도 무리는 무명이 가리킨 곳으로 시선을 돌렸다.

무명이 가리킨 것은 시체였다.

"저 시체가 바로 이곳이 불가의 방이라는 결정적인 증거요."

"……"

흑도 무리는 침을 꿀꺽 삼키며 침음했다.

무명의 말을 듣고 다시 보니, 시체가 딱 불상을 연상케 하는 모습이었기 때문이다.

가부좌를 튼 채 부처의 손 모양을 하고 있는 시체. 죽어서 미이라가 되어버린 기괴한 몰골만 아니라면, 확실히 시체는 불경이 새겨진 굴 안에 모셔진 등신불(等身佛)이라고 해도 과언이 아니었다.

이강이 침묵을 깨고 물었다.

"좋다. 여기가 불가의 방이라고 치자. 그런데 그 사실과 무간지옥으로 떨어지는 굴이 탈출구라는 것이 대체 무슨 상관이냐?"

흑도 남녀 셋도 눈빛을 반짝이며 무명을 쳐다봤다. 그들 역시 이강의 물음이 최대 궁금사였던 것이다.

그런데 무명의 대답은 여전히 고개를 갸웃하게 만들었다.

"그냥 불상이 아니라 시체이기 때문이오."

"그게 그거지, 뭔 개소리야?"

참을성 부족한 거한이 소리쳤다.

하지만 무명은 눈썹 하나 까딱하지 않고 대답했다.

"전혀 다르오."

무명의 설명이 시작됐다.

"시체는 앉은 자세로 죽었소. 불가에서 앉거나 선 자세로 열반에 들었다는 것은, 즉 좌탈입망(坐脫立亡)했다는 뜻이오."

"열반? 그게 뭔데?"

"병신아, 중들이 죽었을 때 열반했다고 하는 것도 몰라?"

"뭐야? 개잡년이 어디서 선비질이냐?"

거한과 여자가 한마디씩 주고받았다.

"열반은 죽어야만 할 수 있는 게 아니오. 번뇌를 잊고 속세에서 해탈할 때 진정한 열반에 들었다고 할 수 있소."

무명이 한 걸음 앞으로 나가 굴 가장자리에 바싹 서며 말했다.

"만약 우리가 탈출구라고 생각했던 위쪽 굴이 실은 속임수에 불과하다면? 반대로 끝없는 구멍이라고 여겼던 아래쪽 굴이 탈출구라면? 번뇌를 잊고 열반에 들라. 이 아래로 뛰어내린다면 속세에서 해탈할 수 있다는 뜻이 아니겠소?"

그는 이번에는 여자 등 뒤에 새겨진 글귀를 가리켰다.

"저곳에 새겨진 불경은 반야심경이오. 반야심경의 가르침도 그와 같소. '가자, 가자, 피안으로 가자'. 피안(彼岸), 해탈해야만 갈 수 있는 이상향. 즉 이 아래로 뛰어내리는 것이 방을 나갈 수 있는 유일한 방법이오."

"……."

혹도 무리는 할 말을 잃은 얼굴이었다.

꼽추가 나직하게 중얼거렸다.

"피안으로 가라, 저승으로 뛰어내리라는 소리군."

"그렇소."

여자도 기가 막힌다는 목소리로 말했다.

"아무리 그래도 어떻게 저기로 뛰어내려? 암흑밖에 없는 구렁텅이잖아?"

"반야심경의 가장 유명한 구절을 아시오? 색즉시공 공즉시색(色卽是空 空卽是色). 눈에 보이는 것과 진실은 다르다는 뜻이오."

무명이 단호하게 결론을 내렸다.

"사지(死地)처럼 보이는 이 굴이 바로 탈출구요."

"……"

혹도 무리는 모두 입을 굳게 다물고 침음했다.

누군가의 웃음소리가 침묵을 깨뜨렸다.

"하하하……. 크하하하하!"

헛웃음은 곧 광소로 변했다.

"내 살다 살다 별 개소리를 다 듣겠네! 단곤이 바닥에 떨어지는 소리도 안 들리는 구멍으로 뛰어내리라고? 죽으려고 환장했냐? 하하하!"

웃음의 주인은 거한이었다.

"아니, 그러면 되겠군. 서생 네놈을 저리 던져서 소리를 듣는 거야! 네놈이 떨어진 다음 살았다고 기별을 해주면 나도 내려가지. 뭐, 바닥에 추락하는 소리가 나면 네놈이 성불할 수 있도록 명복은 빌어주마!"

거한은 정신줄을 놓았는지 두 눈을 부릅뜬 채 두 팔을 휘두르며 소리쳤다. 그리고 정말 무명을 아래쪽 굴을 향해 집어 던지려는지 굴 가장자리를 돌아왔다.

"왜? 먼저 뛰어내리라고 하니 겁나냐?"

그때였다.

어둠 속에서 붉은 점 두 개가 스르르 나타났다.

갑자기 여자가 무엇을 봤는지 입을 딱 벌리며 신음을 흘렸다.

"어어, 저, 저거……."

"또 뭐냐, 개잡년아?"

거한이 여자의 시선을 따라 고개를 돌렸다. 순간 그의 입이 떡 벌어졌다.

"이, 이게 뭐야?"

누런 살가죽을 뒤집어쓴 시체의 목이 거한을 향해 돌아가고 있었다.

끼릭끼릭끼릭…….

시체가 바닥에서 팅기듯이 뛰어올라 거한의 목을 물어뜯었다.

커어어엉! 콱!

"크아아아악!"

거한이 기겁하며 비명을 질렀다. 동시에 시체를 떼어내려고 미친 듯이 두 팔을 휘저으며 시체를 치고 때렸다. 퍽퍽퍽…….

그러나 시체는 꿈쩍도 하지 않았다. 오히려 시체의 이빨이 들짐승을 잡는 덫처럼 거한의 목덜미에 깊숙이 틀어박혔다.

와지지직!

"으아악! 누구 이것 좀 떼어줘! 제에바알!"

거한이 지랄발광을 하며 사방으로 날뛰었다. 하지만 거한에게 매달려 이리저리 흔들리면서도 꽉 다문 시체의 턱주가리는 조금도 벌어지지 않았다.

무명은 넋을 잃고 도저히 믿을 수 없는 광경을 쳐다봤다.

그때 머릿속에 전음이 들렸다.

[봤냐? 저게 바로 망자다.]

[망자?]

[그래. 여기가 망자가 사는 곳이라고 말하지 않았냐?]

무명은 이강이 처음 만났을 때 했던 말들을 떠올렸다.

되살아난 시체, 빛을 싫어하고 음지로 숨어드는 놈들, 인간과 마주치면 달려들어서 물어뜯는 혈귀.

무명은 그 말을 들을 때만 해도 반신반의했다. 하지만 눈앞에서 망자를 본 지금, 이강의 말을 믿지 않을 수가 없었다.

말라비틀어진 미이라가 갑자기 달려들어 거한의 목을 물어뜯다니…….

무명은 그제야 이강의 말을 실감했다. 망자에 대한 소문은 거짓이 아니었던 것이다.

순간 이강이 망자의 등 뒤로 몸을 날렸다.

그는 선반에서 언제 갖고 왔는지 기다란 봉을 망자의 목을 향해 찔렀다.

퍼석!

마치 수박이 깨지는 듯한 기분 나쁜 소리.

이강이 팔을 젖혀서 망자의 목을 관통한 봉을 뺐다.

망자가 턱을 쩍 벌리며 거한의 목을 놓았다. 그리고 사지를 비틀거리며 뒤로 물러났다.

"크아아악! 내 목! 내 목!"

거한이 피가 철철 흐르는 목을 감싸 쥐며 무릎을 꿇었다.

그런데 놀라운 일은 그것으로 끝이 아니었다.

망자는 목이 정통으로 관통당했는데도 불구하고 쓰러지지 않았다. 오히려 다른 먹잇감을 찾는지 망자의 목이 비정상적으로 옆으로 돌아갔다.

끼릭끼릭끼릭.

망자의 목이 정확히 반 바퀴, 백팔십도를 돌아서 여자를 봤다.

보통 사람이었다면 목뼈가 부러져서 죽었을 자세. 그 괴이한 모습에 사대악인 중 하나인 여자도 멍하니 입을 벌린 채 꼼짝하지 못했다.

그때 이강이 다시 봉을 날려서 망자의 목을 꿰었다.

퍽!

순간 망자의 몸이 크게 한번 부르르 떨더니 동작을 멈췄다. 그리고 이강이 봉을 회수하자 망자는 줄이 끊어진 꼭두각시 인형처럼 힘없이 바닥에 무너져 내렸다.

털퍼덕.

여자가 떨리는 목소리로 물었다.

"이거 죽은 거 맞아?"

"이미 죽은 시체인데 또 죽을 리가 있냐?"

이강이 피식 웃으며 대답했다.

"걱정 마라. 다시 일어나서 네년을 물어뜯을 일은 없을 테니."

"……"

그의 태연한 말투에 여자는 할 말을 잃은 얼굴이었다.

이강이 코를 킁킁거리더니 말했다.

"망자가 되살아난 건 네년 탓이었군."

"내가 뭘 어쨌는데?"

"눈깔이 있으면 봐라. 망자 입가에 피가 있으니."

이강의 말대로, 망자의 입 근처에는 한가닥 핏줄기가 묻어 있었다.

무명은 어떤 사정인지 깨달았다. 쇠사슬 때문에 여자의 발목 살갗이 벗겨지면서 흐른 피가 망자에게 뿌려졌던 것이다.

여자도 그 사실을 알았는지 소리쳤다.

"말도 안 돼! 피 몇 방울 닿았다고 시체가 되살아나?"

"그게 바로 망자다. 놈들은 사람 피에 환장하거든, 후후후."

그러는 중에도 거한은 욕을 지껄이며 신음했다.

"제길, 제길, 제길!"

다행히 망자에게 동맥을 물어뜯긴 것은 아닌 듯했으나 그는 호들갑을 떨며 날뛰는 걸 멈추지 않았다.

무명, 여자, 꼽추는 할 말을 잃고 거한과 바닥에 널브러진 망자를 번갈아 봤다.

그때 이강이 꼽추에게 물었다.

"무슨 냄새 안 나냐?"

"으음, 고기 썩은 냄새가 진동하는군."

"뭐야? 갑자기 고기 썩은 냄새가 왜 나는데?"

여자가 묻자, 이강이 두 눈썹을 일그러뜨리며 말했다.

"망자 놈들이 몰려오기 시작했다."

"그럼 우리도 봉을 들고 싸울 준비를 해야 돼?"

"아서라. 망자는 아무 곳이나 베고 찌른다고 죽지 않는다."

"망자의 목을 두 번씩 찌른 게 그 때문이야?"

"그래. 목의 어떤 지점을 정확히 갈라야지만 죽지. 위아래로 한 치라도 벗어나면 망자는 계속해서 달려든다."

그 말에 성정이 잔인한 여자와 꼽추도 망연자실한 얼굴이 되었다.

거한이 아무리 치고 때려도 꿈쩍하지 않고 목을 물어뜯던 망자. 그런데 그 망자가 하나도 아니고 떼를 지어 몰려오고 있다니?

이강이 말했다.

"굶주린 놈들이 피 냄새를 맡았군."

그의 말이 신호라도 되듯, 방과 연결된 통로에서 나지막하게 발소리가 들리기 시작했다.

저벅, 저벅, 저벅.

한두 명이 아니라 십여 명 이상의 발소리였다. 아니, 수십 명 또는 그 이상일지도⋯⋯.

동시에 괴이한 소리가 귀청을 찔렀다.

쌔애애액. 키이이익.

정체를 알 수 없는 소리들. 단지 한 가지는 확실했다.

사람이 낼 수 있는 소리가 아니었다.

4장.

천외비처(天外秘處)

통로 어딘가에서 괴이한 소리가 들리기 시작했다.

쌔애애애애액!

여자가 침을 꿀꺽 삼키며 말했다.

"저게 무슨 소리지?"

하지만 대답을 기대하고 물은 말이 아니었다. 겉으로 말은
안 해도 모두 알고 있었다.

망자가 오고 있다는 것을.

이강이 말했다.

"네년 피 냄새를 맡고 놈들이 깨어났군."

"그게 말이 돼? 시체가 어떻게 냄새를 맡아?"

"시체가 아니라 망자다. 놈들은 피 한 방울만 떨어져도 냄새를 맡고 몰려들지. 상어 떼처럼 말야."

"……."

여자는 더는 말을 못하고 입을 다물었다. 방금 눈앞에서 되살아난 시체, 즉 망자를 보았으니 이강의 말에 반박할 수 없었던 것이다.

거한이 소리쳤다.

"무공이고 나발이고 다 소용없어! 망자는 절대 못 죽여! 우리는 여기서 다 죽을 거야! 망자 놈들한테 잡아먹혀서 죽을 거라고!"

그는 이제 완전히 정신줄을 놓은 것 같았다.

아무리 치고 때려도 달려드는 혼백이 없는 망자들.

그런 망자가 떼거지로 몰려들면 명문정파의 절정고수라고 해도 결국 싸울 기력이 다해서 망자가 될 수밖에 없으리라.

이강이 손가락 두 개를 펴며 말했다.

"두 가지 길이 있다."

"그게 뭐냐?"

"망자 놈들과 싸우다가 물어뜯겨서 망자가 되든가. 그게 아니면."

"아니면?"

무명이 이강의 대답을 대신 말했다.

"이리 뛰어내리는 것이오."

"…말도 안 돼! 이건 자살행위라고!"

"그럼 다른 방법이라도 있소?"

그 말에 거한은 할 말이 없는지 입을 다물었다.

여자가 구멍 아래를 슬쩍 내려다보다가 몸서리를 쳤다. 꼽추도 침을 꿀꺽 삼켰다.

그때 통로에서 그림자 하나가 스윽 고개를 내밀었다.

어느새 망자가 방에 도착한 것이었다.

망자는 무명과 흑도 무리를 발견하더니 검지를 들어 그들을 가리켰다. 그리고 기분 나쁜 괴음을 지르기 시작했다.

키에에에엑!

이강이 싸늘하게 중얼거렸다.

"동료들을 부르고 있군."

"……!"

흑도 무리는 경악하며 입을 딱 벌렸다.

통로 속에서 들리던 발소리가 갑자기 시끄럽게 변했다.

저벅, 저벅, 저벅…….

탁, 탁, 탁, 탁…….

걸어오던 망자들이 이제 달리기 시작한 것이었다.

무명이 싸늘한 음성으로 말했다.

"이러면 여기가 탈출구라는 사실을 믿겠소?"

흑도 무리가 영문을 몰라서 고개를 돌릴 때, 무명이 아래쪽 굴을 향해 몸을 날렸다.

휘익!

무명의 몸이 빛 한 점 없는 암흑 속으로 떨어져서 사라졌다.

흑도 무리가 딱 벌린 입을 다물지 못하고 있자, 이번에는 이강이 피식 실소하며 말했다.

"혹시 내가 바닥에 떨어져 죽게 되면 그 전에 비명이라도 질러주마."

이강은 말을 끝내기도 전에 몸을 날렸다. 때문에 '후후후' 하는 기분 나쁜 웃음소리가 굴 벽면에 반사되어 메아리처럼 들렸다.

흑도 남녀 셋은 멍청한 얼굴로 서로를 바라봤다.

가장 먼저 결심을 마친 것은 여자였다.

"사람이 한 번 죽지 두 번 죽냐? 아하하하!"

그녀가 굴 아래로 몸을 날렸다.

다음 차례는 꼽추였다.

"어차피 죽으면 고기 백 근밖에 안 남는 것을."

꼽추가 몸을 날려서 사라졌다.

졸지에 혼자 남은 거한은 멍을 때리며 어찌할 줄을 몰랐다.

하지만 망자가 두 눈을 붉게 빛내며 굴 가장자리를 돌아오자, 그는 입술을 질끈 깨물고 어둠 속으로 뛰어내렸다.

"빌어먹을! 으아아아아!"

거한이 뛰어내리자 방에 남아 있는 사람은 아무도 없게 되었다.

되살아난 시체들이 통로에서 꾸역꾸역 밀려 나왔다.

망자들은 살아 있는 자가 보이지 않자 방향을 잃고 갈팡질 팡했다. 그러나 굴 아래로 뛰어내리는 망자는 하나도 없었다. 흑도 무리에게는 천만다행인 일이었다.

한 치 앞도 보이지 않는 암흑 속으로 낙하하는 기분은 끔 찍했다.

가장 먼저 뛰어내렸지만, 무명은 일말의 의심이 들었다.

정말 이곳이 탈출구일까?

그게 아니라 자신이 헛된 망상을 한 것이라면?

끝없이 추락하다가 결국 나오게 될 바닥에 떨어져서 즉사 하고 말리라.

그때였다. 끝없는 낙하가 멈추더니 갑자기 몸이 둥실 떠오 르는 것이 아닌가!

뜻밖의 일에 무명은 깜짝 놀랐다.

동시에 몸이 반탄력으로 한 번 떠올랐다. 그리고 다시 내려 앉은 다음 비스듬히 미끄러지기 시작했다.

무명은 어떻게 된 사정인지 깨달았다.

그물이었다.

바닥이 없는 것처럼 보이던 굴은 실은 중간에 거대한 그물 이 걸려 있어서 떨어지는 사람이나 물건을 받아냈던 것이다.

사정이 그러니, 단곤이 떨어지는 소리가 들리지 않은 게 당연했다.

그물은 칠흑같이 검은색이라서 멀리 위에서는 절대 분간할 수 없었다. 또한 바늘 하나 들어갈 틈새 없이 촘촘했다. 말이 그물이지, 천이나 다름없었다.

게다가 표면이 기름을 바른 듯이 미끄러워서 그물을 타고 내려갈 수 있을 뿐 중간에 멈추는 것은 불가능했다. 마치 거대한 뱀장어의 등을 타고 내려가는 기분이었다.

무명은 기관진식 방을 만든 자의 심계에 감탄하며 중얼거렸다.

"꼭 천라지망 같군."

천라지망(天羅地網). 하늘과 땅에 씨줄 날줄이 엮어지듯 그물이 쳐져서 빠져나갈 길이 없다는 뜻이다.

높은 곳에서 떨어지는 어른의 몸을 아무런 충격과 소리 없이 받아내는 그물. 무명이 그물을 천라지망이라고 여긴 것도 무리가 아니었다.

곧 그물이 끝났다.

무명은 내려오던 기세 때문에 바닥을 몇 번 구른 뒤에야 균형을 잡고 착지할 수 있었다.

그는 몸을 일으키며 자신의 추리가 옳았음을 깨달았다.

불가의 방 전체가 하나의 기관진식이라는 무명의 추리는 적중했다. 속세를 버리고 뛰어내린 결과 새로운 삶을 찾아낸 것이었다.

다음으로 이강이 내려왔다.

그는 무명의 생각을 읽었는지 다 내려오기도 전에 전음부터 보냈다.

[정말 이곳이 탈출구였다니, 기가 막히는군.]

[내 말을 믿지 않았던 거요? 그럼 만약 바닥에 떨어졌다면 어떻게 하려고?]

[그땐 공중에서 네놈을 죽였을 거다.]

[어차피 모두 죽을 판에 그럴 것까지야 있소?]

[상관없다. 잘못된 선택으로 내 목숨이 달아났다면, 빚은 갚아줘야지.]

이강의 말은 그답게 냉정했다.

잠깐 뒤에 여자가 내려오는 소리가 들렸다.

무명은 여자와 충돌하지 않을까 싶어서 그물이 연결된 통로에서 멀찍이 떨어졌다. 하지만 여자는 통로를 나오자마자 허공에서 몸을 돌리며 사뿐히 착지했다. 경신법을 자랑하던 건 허세가 아니었다.

다음으로 꼽추가 도착하고, 마지막으로 거한이 내려왔다.

거한은 기세를 이기지 못하고 뒹굴거리다가 쓰러져서 모두의 비웃음을 샀다. 하지만 그는 목숨을 건진 게 기쁜지 남들이 웃든 말든 신경 쓰지 않았다.

"사, 살았다!"

혹도 남녀 셋이 물끄러미 무명을 쳐다봤다.

그들의 눈빛은 먼저와는 크게 달라져 있었다. 시간이 다하면 독침이 쏟아지는 방과 망자들이 몰려오는 방을 연속으로 탈출했으니, 셋의 시선이 달라진 것도 당연했다.

특히 여자의 눈빛에는 색기가 더욱 짙어져 있었다.

"빨리 밖으로 나가고 싶네. 이 방해꾼들 없이 둘만 있게."

"……"

무명은 할 말이 없었다. 처음 얼굴을 본 여자와 방사를 치를 마음도 없지만, 그보다 목이 달아나고 싶지는 않으니까.

굴 아래로 뛰어내리는 바람에 더 이상 기름불은 없었다. 하지만 그들의 눈은 금세 어둠에 익숙해졌다.

곧 사방의 윤곽이 어스름히 보였다.

그물이 끝난 곳은 작은 공터였다. 그런데 공터 구석에 어른 한 명이 들어갈 만한 비좁은 통로가 보였다.

여자가 모두의 마음을 대변하듯이 외쳤다.

"아직 안 끝난 거야? 설마 또 기관진식 방이 나오는 건 아니겠지?"

"닥쳐라. 말이 씨가 될라."

이강이 여자를 다그쳤다.

어쨌든 다시 통로로 들어가는 것 외에는 방법이 없었다. 기름칠한 바닥보다 미끄러운 그물을 타고 올라갈 수도 없거니와, 설령 올라간다고 해도 위에는 피에 굶주린 망자들이 기다리고 있으니까.

무명과 흑도 무리는 하는 수 없이 통로 속으로 걸음을 옮겼다.

그런데 그들의 걱정은 기우에 불과했다.

통로는 의외로 금방 끝났다. 그리고 위로 향하는 계단이 나왔다.

"계단이다! 기관진식 방은 더는 없나 봐!"

여자가 신바람을 내며 계단을 뛰어 올라갔다. 다른 자들도 그 뒤를 따랐다.

계단은 빙글빙글 돌면서 올라가는 나선형 계단이었다. 무명과 흑도 무리는 오른쪽으로 휘어지는 계단을 쉬지 않고 올라갔다.

그러나 밥 한 끼 먹을 시간이 지나도, 낮잠 한 번 잘 시간이 지나도 계단은 끝나지 않았다.

성미 급한 거한이 화를 터뜨렸다.

"밖은 언제 나오는 거야? 이게 탈출구 맞아?"

그의 말은 안 그래도 신경이 곤두서 있는 모두의 인내심을 건드렸다.

그런데 어이없게도 그 순간 계단이 끝났다.

맨 위에서 올라가던 여자가 소리쳤다.

"위에 천장이 있는데 고리가 붙어 있어! 뚜껑인가 봐!"

여자는 고리를 붙잡고 위로 밀어 올렸다. 하지만 뚜껑은 꿈쩍도 하지 않았다.

"저리 비켜!"

거한이 여자를 밀치며 나섰다. 그가 끄응 하는 소리를 내며 어깨로 뚜껑을 밀었다. 그러나 뚜껑은 살짝 들썩거리기만 할 뿐 움직이지 않았다.

"빌어먹을, 더럽게 무겁네."

거한이 씩씩대면서 숨을 고를 때였다.

이강이 팔을 뻗더니 손바닥을 슬쩍 뚜껑에 갖다 댔다. 텅. 속이 빈 상자를 치는 듯한 소리가 났다. 그가 뒤로 물러서며 말했다.

"다시 열어봐라."

거한이 어깨를 대고 뚜껑을 밀쳤다. 순간 뚜껑이 번쩍 올라가면서 뒤집어졌다.

네모난 구멍 위에서 햇빛이 쏟아졌다.

무명과 혹도 무리는 빛 한 점 없던 지하에서 드디어 지상으로 나오게 된 것이었다.

"크하하하! 밖이다, 밖이야!"

거한이 신을 내며 뛰어 올라갔다. 여자와 꼽추도 지상으로 올라갔다.

그런데 무명이 그들의 뒤를 따르려는 찰나, 이강이 손을 들어 막으며 전음을 보냈다.

[잠깐 기다려라.]

[왜 그러지?]

무명은 그의 뜻을 몰라 되물었다. 하지만 금세 이강의 생각을 알아차렸다.

[혹시 기관 장치라도 있을까 봐?]

[후후후, 들켰냐?]

뚜껑을 열고 무작정 위로 올라간 흑도 남녀 셋. 하지만 저 위에 약방처럼 독침을 발사하는 기관 장치가 있다면? 즉 이강은 남녀 세 명을 먼저 올려 보내서 혹시 모를 위험에 대비하고자 한 것이었다.

같은 흑도 무리를 방패막이로 삼은 이강.

무명은 그의 냉정하고 계산적인 속내에 혀를 내둘렀다.

잠깐 기다렸지만 별다른 일은 없었다. 무명과 이강은 위로 올라갔다.

무명은 지상에 발을 들이자마자 손을 들어 눈가를 막았다. 흑도 남녀 셋도 눈을 뜨지 못한 채 멍청히 서 있었다. 오랜 시간 어둠에 익숙해져 있던 눈이 빛을 견뎌내지 못했던 것이다.

그러나 두 눈이 없는 이강은 별 영향이 없었다. 반면 눈이 없으니, 지금 있는 곳이 어디인지 살필 수도 없었다.

이강이 냉소하며 말했다.

"무명, 얼른 눈 뜨고 여기가 어딘지 알아내라. 꾸물거릴 시간 없다."

인정사정없는 말이지만, 무명도 그 말에 동감했다. 우물쭈

물하다가 또 어떤 위험이 닥칠지 모르니까.

무명은 억지로 눈을 뜨고 주위를 살폈다.

그들이 있는 장소는 평범한 방이었다.

방에는 탁자와 의자, 오 층 선반, 침대, 옷장이 있었다. 그리고 창문 맞은편 벽에 거울이 붙은 화장대가 놓여 있었다.

누가 봐도 평범한 여인의 방이었다. 그것을 증명하듯 분 냄새가 코를 찔렀다.

기관진식 방이 계속되는 지하를 탈출한 것은 분명했다.

그런데 무심코 옷장을 열어본 무명은 침을 꿀꺽 삼켰다.

"설마?"

무명은 고개를 돌려 다시 방을 살폈다.

틀림없었다. 이곳은 절대 평범한 사람의 방이 아니었다.

흑도 남녀 셋도 눈을 뜨고 방을 둘러보는 중이었다.

거한이 호언장담하며 말했다.

"그냥 계집년 방이군. 봐, 화장대가 있잖아. 분 냄새 때문에 코가 비틀어지겠네."

그가 방문을 열고 밖으로 나가려고 했다.

"다들 수고했다. 나는 먼저 나갈런다."

그런데 거한이 방문에 손을 갖다 댔을 때였다.

무명이 그의 앞을 막아섰다.

"기다리시오."

"뭐야? 서생 놈이 감히 누구 앞을 막으려고……."

"함부로 이 방을 나섰다간 당신의 목숨은 오늘로 끝이오."

"뭐라고?"

"여기는 평범한 여인의 방이 아니오."

무명이 차가운 목소리로 말했다.

"이곳은 천자의 거처, 즉 황궁이오."

무명의 말 한마디가 거한의 발을 그 자리에 묶어버렸다.

거한이 물었다.

"황궁이라고? 여기가?"

"그렇소."

거한은 멍청한 표정을 하고 무명을 쳐다봤다. 여자와 꼽추
도 어리둥절한 얼굴이었다.

"기관진식 방을 탈출해서 나왔는데 바로 위가 황궁이라고?
그게 말이 되냐?"

"믿든 말든 당신 자유요. 하지만 증거가 있소."

무명이 검지를 들어 옷장을 가리켰다.

"보시오. 관복(官服)이오."

무명의 말대로 옷장 속에는 몇 벌의 관복이 걸려 있었다.

새까만 관모와 녹색 관복, 허리에 두르는 새하얀 복대와 자
색 옥대 등등. 옷장 속의 의복이 관복이라는 사실은 누구나
금방 알아볼 수 있었다. 또한 옷장에 관복이 있다는 것은 방
의 주인이 여인이 아니라 남자라는 뜻이었다.

하지만 의문은 모두 풀리지 않았다.

여자가 고개를 갸웃하며 물었다.

"여기가 여자 방이 아니라는 건 알겠는데 갑자기 웬 황궁?"

"아직 말이 끝나지 않았소."

무명이 이번에는 검지를 일직선이 되게 세워 보였다.

"이 방의 공기가 바로 증거요."

그 말에 꼽추가 끼어들었다.

"코를 찌르는 분 냄새 말이냐?"

"바로 그렇소."

"코가 비틀어지는 분 냄새는 여기가 계집년 방이기 때문이
지, 무슨 놈의 황궁이냐!"

거한이 버럭 소리쳤다.

그러나 이어지는 무명의 말 한마디에 그는 꿀 먹은 벙어리
꼴이 되었다.

"그럼 분 냄새가 나는 여인의 방에 관복이 왜 있는 것이
오?"

"그, 그건……."

"그게 뜻하는 것은 하나요. 이곳은 환관의 방이오."

"……!"

흑도 남녀는 경악하며 입을 딱 벌렸다. 이강 역시 놀란 표
정을 숨기지 못했다.

옷장에 관복이 있으니 방의 주인은 남자다.

그런데 방에 냄새가 밸 만큼 얼굴에 분칠을 하는 남자가 세

상에 있을 리 없다.

있다면 단 하나, 환관이었다.

환관은 남자의 양물을 거세한 관리다. 어렸을 때 거세한 환
관은 목소리가 가늘며 행동거지가 여인을 닮아간다. 환관이
주름살을 감추고 젊어 보이기 위해 화장을 한다는 것은 황궁
의 일을 모르는 시골 촌놈이 아니라면 누구나 아는 사실이었
다.

무명은 그런 이유로 방의 주인을 환관이라 추측한 것이었
다.

무명의 설명이 계속됐다.

"옷장에 있는 관복은 제법 지위가 높아 보이는데, 방은 화
려하기는커녕 가구 몇 점 없이 소박하오. 이 방이 저택이 아
니라 잠만 잘 때 들르는 처소라는 뜻이오. 환관이 하루 열두
시진 대기하며 기다리는 방이 있는 곳은 중원 천지에 단 한
곳뿐이오."

"천자의 거처, 황궁이군."

이강이 무명의 말을 받았다.

하지만 거한은 상황의 위급함을 깨닫지 못하고 소리쳤다.

"제길! 황궁이고 나발이고, 다 때려죽이고 나가면 되지!"

이강이 냉소하며 말했다.

"지금 금위군 총대장이 누군지 아냐?"

"알게 뭐야? 어떤 놈팡이인데?"

"무당삼검(武當三劍) 중의 하나인 추풍검 청일이다."

거한이 흠칫 놀라며 물었다.

"무당삼검이 왜 황궁에? 무림은 관의 일에 상관하지 않잖아?"

"호랑이 담배 피던 시절 얘기로군. 무림맹 놈들이 관에서 자리 하나 차지하려고 무공도 내다 파는 세상이란 것도 모르냐?"

"뭐, 무당삼검은 몰라도 병졸쯤이야……."

"병졸? 금위군이 옆집 개인 줄 아냐? 명문정파 놈들 열이 덤벼도 금위군 서넛을 당해내지 못할 텐데?"

"……."

거한은 더는 반박하지 못하고 입을 다물었다.

문파의 전통을 지킨답시며 케케묵은 무공만 고집하는 명문정파와 수많은 병장기를 갖고 실전을 치르며 경험을 쌓는 금위군. 무림과 관의 실력은 힘의 균형이 깨진 지 이미 오래였다.

함부로 방을 나섰다가는 목이 달아난다는 무명의 말은 거짓이 아니었던 것이다.

흑도 무리는 황망한 얼굴로 침음했다.

천신만고 끝에 망자가 득실거리는 지하에서 탈출했는데, 바로 위가 황궁이라니? 늑대 소굴을 피하려다 호랑이 굴에 들어온 꼴이 아니고 무엇인가!

이강이 무명에게 물었다.

"서생 놈, 좋은 방법이라도 없냐?"

"좋은지는 모르겠으나 한 가지 방법은 있소."

"그게 뭐냐?"

무명이 옷장을 가리키며 말했다.

"금위군을 상대할 수 없다면, 금위군의 눈을 피해서 도망가는 것은 어떻소?"

흑도 무리는 쓴웃음을 지은 채 옷장을 쳐다봤다.

"재수 더럽게 없군. 내 평생 환관 노릇을 다 할 줄이야."

"싫으면 관두시오."

"아니, 뭐, 싫다는 건 아니고……."

무명이 제시한 방법은 관복을 입고 환관인 척하자는 것이었다.

무명은 관복을 꺼내 흑도 무리에게 한 벌씩 나눠주었다. 방의 주인이 꽤 높은 지위인지, 관복이 여러 벌 있어서 부족하지 않았다.

환관으로 변복(變服)하는 것은 의외로 쉬웠다. 관복이 품이 넉넉하고 소매가 넓어서 그냥 웃옷 위에 걸치기만 하면 됐기 때문이다. 다음으로 관모를 쓰고 신발을 신으면 끝이었다.

거한과 여자는 관모를 쓴 다음 각자 봉두난발과 긴 머리를 그 속에 틀어넣었다.

체구가 작은 꼽추는 소매와 바짓단을 접어야 했다.

두 눈이 없는 이강은 들키지 않기 위해 관모를 이마 위로 푹 눌러썼다.

곧 무명과 흑도 무리는 다섯 명의 환관으로 탈바꿈했다.

흑도 무리는 서로를 보며 비웃었다.

"네놈들, 아주 잘 어울리는구나!"

"너야말로. 넌 어차피 작아서 자를 것도 없을 텐데 이 기회에 여기서 눌러살지 그래?"

환관으로 변신한 거한, 여자, 꼽추의 모습은 마치 곡예단을 보는 듯했다.

반면 무명은 제법 환관 복장이 어울렸다. 창백하리만큼 새하얀 얼굴과 관복이 착 달라붙는 호리호리한 몸매 때문이었다.

무명이 천천히 문을 열었다.

끼이익.

문 밖은 다른 건물의 담벼락이 앞을 가로막고 있었다. 건물 담벼락 사이로 난 좁은 길이 좌우로 길게 뻗어 있었다.

무명은 아무도 없는 것을 확인하고 밖으로 나왔다.

이강이 전음으로 물었다.

[어디로 갈 생각이냐?]

[일단 북동쪽으로 가면 어떻겠소? 계속 가다 보면 언젠가 담장이 나오지 않을까?]

[좋다. 그렇게 하자.]

환관 복장이 가장 잘 어울리는 무명이 선두에 섰다. 흑도 무리는 일렬로 그의 뒤를 따라갔다. 그들은 발소리를 죽인 채 건물 사잇길을 걷기 시작했다.

무명은 해를 등지고 북쪽으로 걸었다. 갈림길이 나오면 오른쪽으로 방향을 틀었다가 한 모퉁이를 간 다음 다시 원래 가던 방향으로 돌아왔다. 일직선으로 가면 다른 이의 눈에 띄기 쉬울 것 같아서였다.

간혹 길이 끝나면 근처에 있는 수목으로 몸을 숨겼다. 그리고 다시 건물 사잇길로 들어가 이동을 계속했다.

갑자기 길모퉁이에서 궁녀 몇 명이 돌아 나왔다.

무명과 흑도 무리는 재빨리 목례를 한 다음 궁녀들을 지나쳤다. 궁녀들은 얼떨결에 목례를 했으나 환관 일행이 영 수상쩍은지 고개를 갸우뚱했다. 그러나 그들이 뒤를 돌아봤을 때는 환관 일행은 이미 모퉁이를 돌아 사라진 뒤였다.

어느새 차 한 잔 마실 시간이 지났다.

하지만 길은 좀처럼 끝나지 않았다.

여자가 푸념을 했다.

"어떻게 된 집이 망자들 있던 지하보다 더 복잡해? 무작정 들어왔다가 길 잃고 굶어 죽어도 아무도 모르겠네."

뜻밖에도 이강이 말을 받았다.

"누가 죽는지 사는지 알 수 없는 곳. 세상과 떨어진 비밀스러운 장소, 즉 천외비처군."

그 말에 다들 무심코 고개를 끄덕였다.

천자가 거하는 곳. 그러나 그 안이 어떻게 생겼는지, 속에서 무슨 일이 벌어지고 있는지 중원 사람들은 알 방법이 없는 것이다. 황궁이 천외비처라는 이강의 말은 과언이 아니었다.

드디어 길이 끝나고 담이 나왔다.

담은 어디서 끝나는지 알 수 없을 만큼 길게 좌우로 뻗어 있었다.

다행히 오른쪽 멀리에 담을 통과하도록 만든 문이 보였다.

문을 발견하자 흑도 무리의 걸음이 빨라졌다.

하지만 문에 다가갈수록 쉽게 황궁을 빠져나갈 수 있을 거란 생각은 머리에서 지워졌다.

문을 지키는 금위군의 숫자와 기강이 만만치 않았던 것이다.

꼽추가 중얼거렸다.

"이거 쉽지 않겠군."

금위군은 황궁의 외곽 수비에 많은 인원을 투입했다. 황궁의 특성상, 외적을 막으면 내부에서는 큰 사건이 일어날 수 없기 때문이었다.

금위군 병사는 길이가 일 장을 넘는 방천극(方天戟)을 들고 있었다.

방천극은 창에서 발전한 무기로, 창날 옆에 정(井) 자 모양을 한 월아(月牙)가 붙어 있다. 멀리서 적을 찌르거나 꿰는 등 다양한 공격이 가능한 무기였다. 오랜 시간 수련하지 않으면 쓸 수 없는 방천극. 금위군 하나하나가 모두 정예라는 뜻이었다.

그러나 방천극보다 더 큰 문제가 있었다.

금위군이 등에 메고 있는 강궁(强弓)이었다.

삼 장을 넘는 담장이야 어찌 넘었다고 치자. 하지만 사방에서 쏟아질 화살은 무슨 수로 피한다는 말인가?

앞뒤가 가로막힌 상황.

그때였다. 등 뒤에서 낯선 목소리가 들렸다.

"장 공공 아니십니까?"

무명과 흑도 무리가 뒤로 고개를 돌렸다.

목소리의 주인은 환관이었다. 그는 길모퉁이를 돌아가다가 무명 일행을 발견한 것 같았다.

"장 공공, 오랜만에 뵙습니다. 그간 평안하셨습니까?"

환관이 허리를 굽신거리며 다가왔다.

무명은 갑자기 수백 개의 바늘이 몸을 찌르는 듯한 섬뜩함을 느꼈다. 이강과 흑도 무리가 입막음을 위해 환관을 처치하려고 살기를 품었기 때문이다.

순간 무명의 어떤 생각이 들었다.

'이 환관을 죽이면 안 된다.'

무명은 환관을 반기는 것처럼 양팔을 펼치면서 재빨리 앞으로 나갔다. 그 바람에 흑도 무리는 손쓸 기회를 놓치고 말았다.

"안녕한가? 북문에는 무슨 일로 왔나?"

무명은 도박하는 심정으로 말을 건넸다.

환관은 무명 일행을 보고 '장 공공'이라고 했다. 궁 안에서 자기보다 높은 지위의 사람을 부를 때 쓰는 말, 공공. 그게 뜻하는 것은 분명했다.

무명과 흑도 무리 중에 장 씨 성을 가진 환관이 있다는 말이었다.

하지만 환관이 사대악인을 보고 장 공공이라고 부를 가능성은 전혀 없었다.

그렇다면 남은 가능성은 하나.

장 공공은 바로 무명 자신이리라.

과거는 물론 자신의 얼굴마저 기억하지 못하는 무명. 즉 환관이 얼굴을 알아볼 수 있는 자는 일행 중에 무명이 유일했다.

무명은 눈앞의 환관이 자신의 신분과 과거를 알고 있을지도 모른다고 순식간에 결론 내렸다. 때문에 그는 흑도 무리가 환관을 죽이지 못하도록 막았던 것이다.

무명은 침을 삼키며 환관의 반응을 기다렸다.

만약 추측이 잘못되었다면?

환관이 아첨이 가득 섞인 미소를 지으며 대답했다.

"일이 있어서 잠시 출궁하려던 참입니다, 헤헤헤."

…도박은 성공했다.

무명은 속으로 가슴을 쓸어내렸다.

그때 좋은 생각이 떠올랐다.

"마침 잘됐군. 이들은 내 일행이네. 이들과 함께 궁 밖으로 나가주게."

환관이 난감하다는 얼굴을 했다.

"목패는 갖고 있으시겠지요? 아무리 장 공공의 일행이라 해도 목패가 없으면……."

"갖고 있네. 그냥 자네가 길 안내를 해달라는 얘기일세."

"아아, 물론입지요! 어서 가시지요!"

환관이 걱정을 던 얼굴로 앞장을 섰다.

둘의 대화를 듣고 있던 흑도 무리도 얘기가 잘 풀렸다고 생각하며 뒤를 따라갔다.

이강이 전음으로 물었다.

[목패는 황궁을 드나들 수 있는 출입증 같은데, 언제 손에 넣은 거냐? 환관 방에서?]

그런데 그가 생각을 읽었는지 말을 흐렸다.

[네놈, 목패 같은 건 애당초 없었군.]

[그렇소. 거짓말이오.]

무명의 대답은 얼음처럼 차가웠다.

[명색이 강호의 사대악인인데, 목패가 있는 척하며 금위군의

주의를 흩트려 놓고 황궁을 탈출하는 것쯤은 할 수 있지 않소?]

[후후후, 충고 고맙다.]

무명과 흑도 무리는 환관의 뒤를 따라 북문 앞에 도착했다.

북문은 거대했다. 만약 황궁만 아니었다면 병사들 틈을 뚫고 탈출하는 것은 흑도 무리에게 식은 죽 먹기였으리라.

하지만 금위군은 삼중(三重)으로 포위망을 선 다음, 통행하는 자들을 하나씩 조사했다. 또한 좌우에 늘어선 금위군은 당장에라도 시위에 화살을 메길 수 있도록 준비를 갖춘 태세였다.

이강이 손가락 관절을 뚜둑거리며 전음을 보냈다.

[그럼 시작해 볼까?]

그런데 무명이 뜻밖의 말을 했다.

[나는 이곳에 남겠소.]

[뭐라고?]

무명은 이미 결심을 굳힌 뒤였다.

[나는 황궁에 남아서 내가 누구인지 알아낼 것이오.]

무명은 더 이상 걷지 않고 걸음을 멈췄다.

[나는 황궁에 남겠소.]

[······.]

이강은 그답지 않게 침음한 채 말이 없었다.

하지만 생각을 읽었는지 곧 고개를 끄덕였다.

[자기 얼굴을 알아보는 자를 찾았으니, 기회를 놓칠 수는 없겠군.]

[그렇소. 게다가 내 거짓 신분이 환관이라는 것도 알게 되었소. 이곳에 남아서 무슨 연유인지 알아낼 것이오.]

이강이 고개를 갸웃거리며 되물었다.

[거짓 신분이라고?]

[그럼 내가 정말 환관일 거라 생각했소?]

[아하, 그런 것이었군!]

이강이 킬킬거리며 말을 이었다.

[다리 사이에 양물이 멀쩡히 있으니 환관이 아니렸다? 그것 참, 네놈 외에는 중원 천지에 아무도 알 수 없는 비밀이로구나!]

[알았으면 됐소.]

[가짜 환관을 행세하며 감히 황궁에 잠행을 했다고? 어쩐지 범상한 놈은 아니다 싶었지.]

그랬다. 장 공공이라는 환관 신분은 가짜였다.

그렇다면 환관을 가장해서 황궁에 숨어 있는 이유가 궁금했다. 그 이유가 무엇인지 알아내면 자연히 기억을 잃은 자신의 과거 또한 밝혀지리라.

그때였다.

"다음 사람!"

황궁 출입중인 목패를 검사하는 금위군이 소리쳤다.

[들키지 않게 조심해라. 잡혀서 정말 고자가 됐다간 당랑귀녀가 슬퍼할라, 후후후.]

이강은 응원인지 저주인지 모를 말을 내뱉고는 등을 돌렸다.

무명을 보고 장 공공이라 부른 환관이 목패를 보이고 문을 통과했다.

다음은 흑도 무리 차례였다. 무명은 그들이 어떻게 금위군의 포위망을 뚫을지 궁금했다.

그런데 두 눈을 의심케 하는 일이 벌어졌다.

이강이 슬쩍 거한의 등 뒤로 다가가더니 그가 쓰고 있는 관모를 잡아채는 게 아닌가?

탁!

거한이 억지로 관모 속에 틀어넣었던 봉두난발이 단번에 풀어졌다.

"뭐, 뭐야?"

거한이 깜짝 놀라 소리쳤다.

안 그래도 체구가 큰 거한은 관복을 입었지만 겉모습이 수상쩍게 보였다. 그런데 관모가 벗겨져서 머리가 풀어지자 환관을 가장한 가짜라는 사실이 탄로 나고 말았다.

그 모습을 본 금위군이 방천극의 밑동으로 바닥을 치며 소리쳤다.

떠엉!

"금삼(禁三)!"

금위군(禁衛軍)은 황궁을 지키는 병사 집단이다. 그들은 '천자의 뜻을 거역하는 자는 황궁에 발을 들이는 것을 금지한다'라는 뜻으로, '금(禁)' 자를 명령에 사용했다.

금 자 명령에는 몇 가지의 단계가 있었다.

금일(禁一)은 상황이 수상하니 경계하라는 뜻, 금이(禁二)는 수상한 인물이니 포위하라는 뜻이었다.

금삼(禁三)은 즉각명령이었다. '침입자다, 잡아라.'

북문의 금위군들이 방천극을 빙글 돌려서 일제히 거한의 목을 겨누었다

처억!

졸지에 창날이 목덜미에 와 닿자, 잠시 참고 있던 거한의 성정이 폭발했다.

"에라이, 무슨 놈의 환관 행세냐? 죽고 싶지 않으면 몽땅 비켜!"

거한이 몸을 굽히며 두 주먹을 앞으로 내질렀다.

퍼펑! 복부를 강타당한 금위군 둘이 붕 떠서 뒤로 날아갔다.

그때였다.

삐이이익!

이강이 길게 휘파람을 불었다.

순간 흑도 여자가 거한의 옆에서 몸을 굽히더니 바닥을 쓸

듯이 오른발을 찼다. 전소퇴(前掃腿)를 응용한 수법이었다.

하지만 여자의 수법은 더욱 악독했다. 전소퇴는 보통 상대의 발을 차서 넘어뜨리는 수법인데 반해, 그녀는 발을 들어 올려 거한의 사타구니를 노렸던 것이다.

퍽! 여자의 발끝이 거한의 다리 사이에 정확히 꽂혔다.

"끄어어어……."

거한이 양손으로 사타구니를 잡으며 신음했다.

그와 동시에 이번에는 꼽추가 거한의 발을 걸며 몸통 박치기를 먹였다. 텅! 급소에 발차기를 맞아 두 눈이 풀린 거한은 힘도 못 쓰고 옆으로 쓰러졌다.

결국 거한은 비틀거리다가 북문을 둘러싸고 있는 해자에 빠졌다.

풍덩!

무명은 갑자기 벌어진 일의 사정을 깨달았다. 흑도 무리는 거한을 미끼 삼아서 도망치려는 속셈이었다.

만약 숨 한번 고를 여유가 있었다면 금위군 역시 상황을 알아차렸을 것이다.

그러나 이강은 시간을 주지 않았다.

그가 소리쳤다.

"금사(禁四)! 침입자가 통자하로 도망친다!"

통자하(筒子河)는 황궁 주위를 둘러싸고 있는 해자로, 너비가 십여 장이 넘었다. 황궁을 탈출하려면 삼 장 높이의 담장을 뛰어넘고 웬만한 강만큼 넓은 통자하를 헤엄쳐서 건너야 하는 것이다.

이강이 소리치자, 북문의 금위군이 일제히 등에서 활을 꺼내어 시위를 메겼다. 또한 북문과 연결된 다리를 지키던 금위군도 북문 쪽으로 달려와 활을 겨냥했다.

쉬쉬쉬쉬쉭!

거한이 빠진 통자하에 화살 비가 내렸다.

그 광경을 지켜보던 무명은 이강의 임기응변에 혀를 내둘렀다.

이강이 금사 명령이 있다는 사실을 미리 알고 있었을까?

무명은 아닐 거라고 생각했다.

이강은 '금' 자 명령이 금위군만의 암호인 줄 단박에 깨달았다. 그리고 자기가 '금사' 명령을 거짓 신호 하여 금위군의 시선을 거한에게 쏠리도록 만들었던 것이다.

실제로 금사는 네 번째 단계의 명령이었다.

'잡아라. 죽이든 생포하든 상관없다'.

천자의 거처, 금역에 들어온 침입자는 남녀노소를 불문하고 죽이라는 명령.

이강의 계책에 넘어간 금위군은 거한의 행방을 쫓기에 바빴다.

머리 위로 화살이 쏟아지자 거한은 물속으로 잠수해서 피했다.

그러나 사람이 영원히 숨을 참을 수는 없는 법이다.

거한이 숨이 다해서 고개를 내미는 순간, 하늘이 새까맣게 화살 세례가 쏟아졌다.

"아아아아악!"

거한은 수십 발의 화살에 꿰여 그대로 절명했다.

급한 성정을 참지 못하고 날뛰던 흑도 인물 거한. 하지만 외공(外功)으로 단련된 그의 신체도 정식으로 훈련받은 정예 금위군의 화살은 막아낼 수 없었다.

무명은 이강의 말을 떠올렸다.

'명문정파 열이 덤벼도 금위군 서넛을 당해내지 못한다'.

거한의 죽음은 무림과 관의 균형이 추가 기울었음을 알려주는 장면이었다.

무명은 이강의 다음 행동이 궁금했다. 그런데 고개를 돌린 순간 기가 막혀서 쓴웃음이 나오고 말았다.

다리를 지키던 금위군이 거한을 잡기 위해 잠깐 자리를 비운 찰나, 이강과 여자와 꼽추는 어느새 다리를 반 이상 건너가고 있었던 것이다.

동쪽에서 소리를 지르면서 서쪽을 치는 작전. 이강의 행동은 손자병법의 성동격서(聲東擊西)를 보는 것 같았다.

그러나 무명이 놀란 점은 다른 데 있었다.

거한이 별 도움이 안 된 것은 사실이나, 그래도 함께 지하를 탈출한 처지인데 위기에 처하자 손바닥 뒤집듯이 배신을 하다니?

더욱 놀라운 것은 여자와 꼽추의 호응이었다. 이강이 휘파람을 불며 신호하자, 둘은 마치 사전에 약속이라도 한 것처럼 재빠르게 거한을 미끼로 삼지 않았는가?

무명은 흑도 무리의 악랄함에 할 말을 잃었다.

그때 전음이 들렸다.

[뭘 그렇게 놀라냐? 내가 괜히 강호제일악인을 자처하겠냐? 후후후.]

[…….]

[실은 거한 놈은 사대악인이 아니다. 놈은 너처럼 가짜다.]

[뭐요? 당신들 넷이 사대악인 아니었소?]

[나랑 계집과 꼽추는 사대악인 맞다. 하지만 거한 놈은 이름 없는 피라미지.]

[그럼 왜 함께 지하에 갇히게 된 것이오?]

[그걸 내가 어떻게 아냐? 우리를 잡아 온 놈들이 졸았나 보지.]

[그래서 그를 미끼로 삼았소? 사대악인이 아니라서?]

[아니.]

이강이 부인했다. 그러더니 전혀 생각지도 못한 말을 꺼냈다.

[놈은 이미 죽은 목숨이나 마찬가지였다.]

[그게 무슨 뜻이오?]

[놈은 망자에게 물렸다. 망자의 몸속에는 혈선충이 있기 때문에 한 번 물리면 감염된다. 감염된 놈은 망자로 변하게 되지.]

무명이 깜짝 놀라 물었다.

[망자에게 물리면 같은 망자로 변한다고?]

[그래. 놈은 감염되었으니 망자로 변하는 건 시간문제였다. 망자로 변해서 평생 아귀도를 뒹굴 바에야 지금 죽는 게 놈에게는 선물인 셈이지. 어떠냐? 이미 죽은 목숨을 제법 잘 사용한 것 아니냐?]

[……]

무명은 말문이 막혔다.

곧 망자로 변할 거한이니, 어차피 죽게 될 그를 미끼 삼아서 황궁을 탈출한다.

악랄하지만 반대로 생각하면 극약처방이라고 할 수 있는 심계.

그러나 무명은 고개를 저었다. 그리고 차갑게 추궁했다.

[거한이 망자에게 전염되지 않았다고 해도 당신은 그를 미끼로 삼았을 테지.]

[잘 아는군, 후후후.]

이강은 딱히 변명하지 않고 인정했다.

이강, 여자, 꼽추는 어느새 다리를 거의 다 건넜다.

다리 반대편을 지키던 금위군은 세 명의 행동이 수상쩍다는 것을 알아차렸다.

"정지! 거기 서라!"

그러자 이강이 태연하게 금위군을 향해 걸어갔다.

"왜들 그러시오? 여기 목패가 있소."

그의 행동이 눈에 띄게 침착하자, 금위군은 의심을 거두고 목패를 확인하려 했다.

하지만 그게 실수였다.

목패를 보이는 척하고 손을 들던 이강이 무언가를 집어 던졌다.

쉬익! 퍽!

이강이 던진 것은 지하에서 소매 속에다 챙겨둔 단곤이었다. 단곤이 방심한 금위군의 가슴팍을 뚫고 지나갔다. 그는 비명조차 지르지 못한 채 숨이 끊어졌다.

동시에 여자와 꼽추가 몸을 날려 금위군을 급습했다.

다리 반대편을 지키는 금위군의 숫자는 적지 않았다. 그러나 통자하에 빠진 거한에게 주의가 쏠려 있던 바람에 금위군이 펼친 진영이 순간적으로 깨지고 말았다.

게다가 이강, 여자, 꼽추 셋은 명문정파도 쩔쩔매는 당금 사대악인이었으니…….

사대악인은 사정없이 살수(殺手)를 펼쳤다.

다리 반대편에서 피바람이 불었다.

"아아아악!"

금위군의 비명 소리, 여기저기로 흩뿌려지는 선혈.

그제야 북문의 금위군은 거한이 실은 미끼였다는 사실을 깨달았다.

"금사! 한 놈도 살려두지 마라!"

하지만 사대악인은 그 명령을 비웃듯이 동서로 날뛰며 살행을 계속했다. 그리고 금위군의 포위망이 무너진 곳을 통해 진영을 빠져나갔다.

"금오(禁五)! 끝까지 추격해서 붙잡아라!"

금위군의 수장이 명을 내렸다. 금위군 수십 명이 사대악인을 쫓아 내달렸다.

그러나 뒤늦은 명령, 사후약방문이었다.

사대악인은 이미 북경의 혼잡한 거리 속으로 들어가 버린 뒤였던 것이다.

'어이, 왕 씨!'라고 부르면 수백 명이 고개를 돌린다는 말이 있을 정도로 복잡한 북경의 거리. 특히 북문 밖은 상점이 몰려 있어서 건물 사이가 비좁고 미로를 방불케 할 만큼 어지러웠다.

사대악인은 거한을 희생양으로 삼아 천라지망 같은 황궁 수비를 탈출하는 데 성공한 것이었다.

무명은 다시 한번 그들의 재빠른 행보에 혀를 내둘렀다.

강호의 사대악인이란 별호는 허명이 아니었다.

좋은 뜻으로든, 나쁜 뜻으로든.

그때 이강의 전음이 들렸다.

[거짓 신분이라는 게 하필 환관이라니, 네놈도 참 박복하구나.]

무명은 자신의 귀를 의심했다.

북문과 거리 사이에 있는 통자하의 너비는 이십 장 가까이 됐다. 게다가 이강은 거리의 골목으로 들어갔으니, 그와 무명과의 거리는 그보다 배 이상은 넘고도 남으리라.

그런데 이강의 목소리는 귓가에 속삭이듯 또렷이 들려왔던 것이다.

무명은 그의 내공 수위가 어느 정도일지 실감이 안 났다.

[뭐 하나 귀띔을 해주지.]

[무엇이오?]

[거한 놈은 사대악인이 아니라고 말했지? 그런데 세상일 참 공교롭구나. 실은 마지막 사대악인은 황궁에 있다. 바로 네놈처럼 환관이다.]

무명이 깜짝 놀라 되물었다.

[사대악인 중 한 명이 환관이라고?]

[나도 놈의 얼굴은 본 적이 없어서 모르지만, 놈이 환관이란 것은 틀림없다. 이 사실은 강호에서도 아는 놈이 몇 안 된다. 그러니 사대악인이랍시며 엉뚱한 거한 놈을 잡아 왔겠지.]

그의 말은 들으면 들을수록 믿기 힘들었다.

[놈은 기인이사(奇人異士)만 보면 괴이하리만큼 집착한다는

애기를 들었다. 가짜 신분으로 황궁에 잠행 중이라는 사실을 들키면, 너는 놈에게 죽는다.]

[…….]

[도움이 됐냐? 네놈이 기관진식 방을 세 번 풀었는데 내가 한 번 도움을 준 셈이니, 강호에서 만나면 두 번 더 도와주도록 하지.]

무명은 그의 말이 미덥지 않았다.

[지금 내게 사대악인의 약속을 믿으라는 거요?]

그런데 이강의 대답이 뜻밖이었다.

[적월혈영은 빚을 갚는다, 강호에서 모르는 자가 없는 말이다. 그럼 또 보자.]

그 전음을 끝으로 이강은 사라졌다.

무명은 쓴웃음을 지으며 중얼거렸다.

"강호제일악인을 자처하는 자와 다시 만난다고? 꿈에서라도 그럴 일은 없을 것이오."

그러나 무명은 이강과의 악연(惡緣)이 생의 마지막 순간까지 이어지게 될 줄은 그때는 짐작조차 못했다.

5장.

황가전장(黃家錢莊)

중원에서 세를 떨치는 문파와 세가도 북경을 향해 전서구를 날릴 때는 손을 조심한다.

바로 황궁 때문이다.

비둘기가 잘못 방향을 틀다가 황궁의 담을 넘는 순간 화살에 맞아 떨어질 테니까.

천자의 허락 없이는 어떤 자도 발 들이는 게 허락되지 않은 금역.

그래서 붙은 이름이 자금성(紫禁城)이다.

황궁은 궁성(宮城)과 대전(大殿)이 수십 채를 넘는 데다, 곳곳에 화원(花園)과 호수가 즐비해서 모르는 이가 발을 들이면 길을 잃을 정도였다. 또한 천자가 당일 어디에 거하는지는 금위군과 궁녀, 환관 외에는 아무도 몰랐다.

겹겹이 쌓인 벽 속에 자리한 황궁은 하나의 도시나 다름없었다. 북경 속에 또 하나의 거대한 도시가 있는 셈이다.

그리고 그 지하에 망자의 도시가 있었다.

어쩌면 황궁보다 더욱 넓고 거대할지 모르는 도시가.

황궁에서 자신의 발밑에 망자의 도시가 존재할 거라고 생각하는 자는 아무도 없으리라.

단지 한 남자는 그 사실을 알고 있었다.

막 지하에서 탈출한 남자, 무명이었다.

흑도 무리는 금위군의 포위를 뚫고 황궁을 나갔다.

그들의 생사는 불명이었다. 도망치다가 금위군에 붙잡혔는지, 아니면 추격을 따돌렸는지 황궁 안에서는 알 방법이 없었다.

하지만 무명은 흑도 무리가 죽지 않고 도주했을 거라고 생각했다.

적어도 이강만큼은 살아남았을 것이다.

한계를 알 수 없는 무공 수위, 전광석화처럼 돌아가는 심계, 타인의 생각을 읽는 괴이한 능력까지.

그의 능력이라면 자기 목숨 하나 건사하는 것쯤은 문제도 아니었으리라.

이강과 흑도 남녀가 탈출한 뒤, 무명은 자신을 알아봤던 환관을 따로 불렀다. 그리고 자신은 황궁에 침입한 무리에게 붙잡혀서 인질이 되었을 뿐이라고 설명했다.

"알겠나? 놈들이 나를 겁박해서 어쩔 수 없었네."

"네, 네. 장 공공이 황상께 품으신 충심을 어찌 모르겠습니까?"

환관의 이름은 왕직으로, 무명보다 품계가 한참 낮았다. 때문에 무명이 무슨 말을 할 때마다 깍듯이 고개를 숙이며 아첨을 했다.

환관 신분을 가장하고 있는 무명은 왕직을 이용해서 황궁 일이 어떻게 돌아가는지 알아내기로 했다.

가장 급한 것은 자신의 처소가 어디에 있는지였다.

무명은 좋은 핑계를 생각해 냈다.

"내 방을 청소해야겠네. 사악한 무리가 발을 들였으니 말일세."

"지당하신 말씀입니다."

왕직은 시비를 시켜서 무명의 방을 청소하게 했다. 덕분에 무명은 처소를 알아낼 수 있었다.

청소가 끝나자 무명은 사람들을 물리고 방을 조사했다. 방에서 자신의 진짜 신분에 대한 실마리를 찾기 위해서였다.

하지만 실마리는커녕 아무것도 나오지 않았다.

단지 침상 뒤편이 이상해서 벽돌을 들어내자 은자 수백 냥이 나온 게 전부였다.

무명은 은자를 챙긴 다음 왕직을 불러서 슬쩍 은자를 찔러주며 말했다.

"처소를 옮겨야겠네. 이 방은 아무래도 꺼림직하군."

"그럼요, 그럼요! 분부대로 합지요."

떡고물이 떨어지자 왕직은 신바람을 내며 앞장을 섰다.

무명이 고른 새 처소는 바로 지하 감옥과 연결된 방이었다. 언젠가는 다시 그곳에 가야 될지도 모른다고 생각했기 때문이다.

물론 당장은 지하 감옥에 갈 수 없었다. 뱀장어의 등처럼 미끄러운 그물을 거꾸로 타고 올라가는 것은 불가능하니까.

무명의 과거가 지하 감옥의 비밀과 관련이 있는 것은 분명했다.

왜 황궁의 지하에 망자 소굴이 있는 것인가?

대체 누가 만들었는가?

그곳에 자신이 갇히게 된 이유는 무엇인가?

기억을 잃어버린 원인이 분명 그 사실들과 연관이 있으리라 추측되었다.

그 방은 자금성 주변의 외성(外城) 근처에 있었다.

만약 방이 천자의 거처가 있는 내성(內城) 안에 있었더라면 금위군의 경비는 열 배 이상 삼엄했을 것이다. 그랬다면 사대악인은 절대 금위군의 수비를 뚫지 못했으리라.

새 처소로 옮기는 것은 어렵지 않았다. 무명의 품계가 환관 중에서 제법 높았기 때문이다.

그런데 방의 위치를 말했을 때, 왕직이 고개를 갸웃거렸다.

"그 방이요? 거긴 부정을 탄 곳이라 다들 꺼리는 방인데……."

"왜지?"

무명이 묻자, 왕직은 방의 주인이 곽평이라는 환관인데, 한 달 전에 갑자기 사라져서 아직도 나타나지 않는다고 대답했다.

"목패를 갖고 황궁을 나간 것도 아닌데 어느 날 갑자기 사라졌습지요. 참으로 귀신이 곡할 노릇이었습니다."

무명은 짚이는 게 있었다. 곽평이란 환관은 기관진식 방에 있던 망자인 게 분명했다.

여자의 핏물이 몸에 닿자 되살아나서 거한의 목을 물어뜯었던 망자. 지하가 어두워서 눈여겨 보진 않았으나, 망자는 분명 환관의 복장을 하고 있었다.

그는 살해당한 뒤 지하로 옮겨졌을 것이다.

아니면 지하로 옮겨진 다음 살해당했던지.

그렇다면 환관은 누가 죽인 것인가? 대력금강지 혹은 그와 비슷한 위력으로 가슴뼈를 관통한 뒤, 시신을 등신불 같은 모양으로 만든 것은 어떤 의도일까?

의문은 꼬리에 꼬리를 물고 이어졌다

무명은 곧 황궁 사정에 익숙해졌다. 왕직이 하루 종일 무명을 따라다니며 이것저것 설명을 해주었기 때문이다.

그는 한번 떡고물을 받아먹자 심부름꾼을 자처하며 궂은일을 처리했다. 덕분에 황궁 일을 아무것도 모르는 무명도 어렵지 않게 환관 행세를 할 수 있었다.

물론 틈틈이 은자를 찔러주는 것은 잊지 않았다.

그렇게 황궁에서의 하루가 지나갔다.

"장 공공, 편히 쉬십시오."

"수고했네. 그만 가보게."

왕직은 절을 하다시피 허리를 숙인 뒤 돌아갔다. 하루 만에 은자 십여 냥을 챙겼으니, 그에게는 횡재나 다름없는 하루였다.

낯선 곳에서의 첫날 밤. 하지만 장소보다 불안한 것은 자신의 처지였다.

황궁에 가짜 환관으로 잠행하고 있는 터에 이름 하나 기억을 못 하고 있는 판이 아닌가?

그나마 왕직에게 말을 돌려서 지금 쓰는 이름을 알아낸 것은 다행이었다.

황궁에서 무명의 이름은 '장량(張良)'이었다.

일단 자신의 진짜 신분을 알아낼 실마리가 필요했다.

무명은 좀처럼 잠에 들지 못하며 생각했다.

'어디서 실마리를 찾아야 될까?'

뜻밖에도 실마리는 가장 가까운 곳에 있었다.

다음 날 아침.

"······장 공공, 기침하셨습니까."

낯선 목소리에 무명은 눈을 떴다.

문 아래의 틈새로 누군가의 그림자가 비치고 있었다.

"누구냐?"

"접니다, 장 공공. 소행자(小㣩子)입니다."

무명은 그가 누구인지 기억나지 않았다. 자신의 이름조차 기억을 못 하고 있으니, 당연했다.

그런데 목소리가 지나치게 가늘고 여린 게 이상했다. 마치 변성기가 지나지 않은 아이의 목소리 같았다.

무명은 혹시 여인인가 하고 생각하다가 고개를 저었다.

그건 아니었다. 대낮부터 궁녀가 환관 처소에 들를 일은 없으니까.

무명은 천천히 문을 열었다.

뜻밖에도 목소리의 주인은 어린 환관이었다.

무명이 날카로운 눈빛으로 응시하자, 환관이 침을 꿀꺽 삼키며 말했다.

"세숫물을 떠 왔습니다, 장 공공······."

환관은 두 손에 막 길은 듯한 물이 담긴 푸르스름한 대야를 들고 있었다.

무명은 어떤 사정인지 알아차렸다. 자신, 즉 직위가 높은 장 공공은 눈앞의 어린 환관을 평소에 개인 시종처럼 부리고 있었던 것이다.

환관은 고작 십오육 세 정도밖에 안 되어 보였다. 하지만 확실한 나이는 짐작하기 어려웠다. 지나치게 어린 나이에 거세를 받으면 성장이 지체되어서 성인이 되어도 몸은 소년인 채로 남는 경우가 많았기 때문이다.

황궁에서는 그런 자들을 두고 '동자(童子) 환관'이라고 불렀다.

소행자가 바로 동자 환관이었다.

무명이 짐짓 태연함을 가장하며 말했다.

"저기 두어라."

소행자가 대야를 탁자에 놓은 다음 물었다.

"아침 식사는 언제 올릴까요?"

"일다경(一茶頃) 후에 갖고 와라."

소행자는 허리를 깊이 숙인 뒤 총총걸음으로 물러갔다.

그제야 무명은 안도의 한숨을 쉬었다. 매순간이 살얼음판을 걷는 것 같았다.

빨리 환관 생활에 익숙해져야 했다. 적어도 자신의 정체를 알아낼 때까지는 황궁에서 환관으로 지내야 될 테니까.

무명은 세수를 하려고 탁자로 다가갔다. 그리고 옷소매를 팔꿈치 위로 걷어 올렸다.

그때였다.

왼팔의 팔오금에 웬 문신이 새겨져 있는 게 아닌가?

무명은 고개를 가까이 대고 문신을 읽었다.

甲乙 七百十七 十二

寅卯 一千四百二十六

百八龍 黃家

꽤 장문인 문신이 깨알같이 작은 글씨로 도배되어 있었다.

팔오금 안쪽에 비밀스럽게 새겨져 있는 문신.

만약 세수하려고 소매를 걷지 않았다면 무명 자신도 당분간 알아차리지 못했을 것이다.

언제 문신을 했는지, 또 왜 했는지에 대해서는 역시 기억이 나지 않았다. 어쨌든 자신의 과거와 관련된 중요한 실마리임이 틀림없었다.

문제는 문신이 무슨 뜻인지 도무지 알 수 없다는 것이었다.

갑을(甲乙)? 인묘(寅卯)? 올해는 갑인년도, 을묘년도 아니다.

계속해서 이어지는 장문의 숫자들.

마지막으로 백팔룡(百八龍)과 황가(黃家).

아무리 봐도 무슨 뜻인지 이해할 수 없었다.

단지 하나, 짐작이 가는 단어가 있었다.

백팔룡. 단어의 분위기로 볼 때 왠지 혹도나 사파(邪派) 무리의 방파명이 연상되었다.

그렇다면 마지막 단어의 뜻도 이해가 됐다. 백팔룡이란 흑도 방파에서 황씨 성을 가진 자를 찾으라는 말이 아닐까?

그런 생각이 들자 무명은 쓴웃음을 지었다.

지하 감옥에서 사대악인과 만났던 게 바로 어제인데, 또다시 흑도 무리와 엮이게 되었으니 어이가 없었던 것이다.

일단 문신이 무슨 뜻인지 알아내는 게 급선무였다.

세수를 마치고 조금 있자, 소행자가 식사를 가지고 왔다.

식사는 잡곡밥, 순무 절임, 닭고기와 공심채를 간장에 볶아낸 게 전부였다.

시장이 반찬이었다. 어제 지하에서 정신을 차린 이후, 황궁 사정을 알아내는 데 바빠서 아무것도 먹지 못했기 때문이다. 종일 굶주린 채 그대로 잠이 들었으니 배고픈 것도 당연했다.

무명은 젓가락을 들고 허겁지겁 밥공기를 비웠다.

잠시 후, 무명은 그릇을 치우러 온 소행자에게 말했다.

"가서 왕직을 불러오너라."

"왕 공공 말씀이십니까? 바로 다녀오겠습니다!"

아침과는 달리 무명의 표정에서 날카로운 기색이 사라지자 소행자는 긴장이 풀렸는지 활짝 웃으며 방을 나섰다.

곧 왕직이 방으로 찾아왔다.

"장 공공, 부르셨습니까?"

그는 만면에 웃음을 띠고 있으면서도 눈빛이 반짝반짝거렸다. 필시 떡고물을 기대하고 있는 눈치였다.

무명이 슬쩍 말을 건넸다.

"백팔룡에 대해 아는 것이 있는가?"

그는 암호 같은 숫자들은 빼고 혹도 방파명 같은 단어만을 입에 담았다. 왕직같이 아첨을 일삼고 기회를 엿보는 자에게 무작정 문신 얘기를 꺼낼 수는 없었다.

그런데 왕직의 반응이 이상했다.

"백팔룡 말씀이십니까?"

그의 목소리에 영문 모를 떨림이 섞여 있었다.

"무슨 문제라도 있나?"

"아닙니다. 백팔룡은 그러니까… 북경 옆의 마을에 있는 방파입니다."

"그렇군."

무명의 예상이 맞았다. 왕직이 목소리를 떠는 것은 백팔룡이 혹도 방파이기 때문이리라.

"최근 백팔룡에 황씨 성을 가진 자가 유명하다던데?"

그러자 딱딱했던 왕직의 얼굴이 대번에 바뀌었다.

"난 또 뭐라고. 백팔룡의 황가전장 말씀이셨습니까?"

그 말에 무명은 문신이 뜻하는 것을 깨달았다.

황가전장(黃家錢莊).

전장은 돈과 재물을 맡아주거나 환전을 해주는 곳이다. '황가'는 누군가의 성씨가 아니라 전장의 이름이었던 것이다.

그렇다면 장문의 숫자들도 무슨 뜻인지 짐작할 수 있었다.

황가전장의 암호였다.

중원에서 규모가 큰 전장은 물건을 맡긴 손님에게 암호를 알려준다. 이후 물건의 주인이라는 것을 증명하려면 암호를 말해야 한다. 만약 암호를 잊어먹는 날에는 다시 물건을 돌려받을 방법이 사라지는 것이다.

하지만 아무리 암호가 중요하다고 해도 문신으로 새겨놓다니?

무명은 기억을 잃기 전의 자신이 무슨 의도로 문신을 해놓은 건지 알 수 없었다.

왕직이 씨익 웃으며 말했다.

"장 공공도 황가전장에 재물을 맡기려 하시는군요?"

무명은 그의 미소를 보고 사정을 깨달았다.

유명 전장을 놔두고 일부러 흑도 방파가 운영하는 곳에 재물을 맡기는 이유는?

즉, 황가전장은 검은돈이나 뇌물로 받은 금품을 전문적으로 맡아두는 흑점(黑店)이었던 것이다.

흑점(黑店).

살인 청부업을 하는 살수 인력이 거래되거나 강호의 어두운 소식을 사고파는 곳이다.

흑도 방파가 돈을 받고 강호의 법도를 거스르는 더러운 일을 맡는 곳. 때문에 강호의 명문정파는 흑점을 멸시하며 입에 담기조차 꺼렸다.

하지만 재물은 쌓이면 쌓일수록 문어발처럼 세를 불려 나가게 마련이다.

더군다나 북경은 고관대작이 즐비한 곳이 아닌가?

백팔룡은 그 점을 놓치지 않고 암암리에 황가전장을 운영했다.

관리가 있는 곳에 뇌물이 빠질 리가 없으니, 황가전장은 북경 관리들의 검은돈을 보관해 주는 대가로 적지 않은 이문을 챙기고 있었던 것이다.

왕직이 웃은 이유는 그 때문이었다. 그는 무명이 남몰래 재물을 빼돌릴 곳을 찾고 있는 것이라고 여겼다.

무명은 왕직의 심사가 훤히 보였지만 표정을 드러내지 않고 물었다.

"황가전장은 믿을 만한 곳인가?"

"네. 황가전장은 북경의 삼대전장으로 꼽히는데, 최근 백팔룡의 세를 등에 업고 발을 넓히고 있는 곳입니다."

"혹도 방파 같다는 게 마음에 걸리는군."

"아닙니다! 황족이나 고관대작도 일부러 황가전장에 금은보화를 맡겨둔다고 소문이 파다한뎁쇼!"

왕직이 펄쩍 뛰며 변호했다. 마치 황가전장에서 뒷돈이라도 받은 사람 같았다.

"흐음."

무명이 잠깐 뜸을 들인 뒤 말했다.

"내 며칠 황가전장에 다녀오려는데 황궁 일이 걱정이 되어서 말이지……."

"걱정 마십시오! 뒷일은 이 왕직에게 맡기고 다녀오시지요."

왕직이 크게 반기며 말했다. 표정을 보아하니 큰 떡고물을 기대하는 눈치였다.

"그럼 준비를 좀 해주게."

"맡겨주시죠!"

무명은 출궁에 필요한 절차와 준비를 왕직에게 맡겼다. 품계 높은 환관이 하위직을 부려먹는 일이야 황궁에서 흔한 일이었다. 게다가 왕직은 마다할 이유가 없었다. 무명이 그에게 은자를 두둑이 안겨주었으니까.

한 시진 뒤.

왕직이 황궁 출입증인 목패와 관의 경비를 통과할 수 있는 통행증서를 들고 찾아왔다.

그가 입꼬리가 말려 올라가게 웃으며 말했다.

"장 공공, 가마와 시비를 준비할까요? 혼자 가시면 위험하기도 하고……."

"됐네. 나 혼자 갈 것이네."

무명은 왕직의 말을 잘랐다. 끝을 모르는 그의 아첨에 거부감이 들었다.

"뒷일을 부탁하네."

"평안히 다녀오십시오, 헤헤헤."

무명은 처소를 떠나 북문으로 갔다. 남쪽에 있는 정문은
황족과 고관대작 신분이 아닌 자들은 함부로 드나들 수 없었
기 때문이다.

북문에서 목패와 통행증서를 보이자 관마(官馬)를 빌릴 수
있었다.

무명은 관마에 오르며 생각했다.

'황가전장. 그곳에 내 과거를 알아낼 실마리가 있다.'

그는 말을 타고 북문을 건넜다. 그리고 북경의 거리를 달렸
다.

흑도 방파 백팔룡은 북경 옆의 태안(泰安)이란 마을에 있었
다.

북경에서 태안까지는 말을 타고 반나절 거리였다.

무명은 해가 서쪽으로 거의 넘어가고 있을 때 마을에 도착
했다.

그는 가장 먼저 상점에 들러 의복을 샀다. 그런 다음 객잔
에 묵고 짐을 풀었다. 해가 지고 있으니, 오늘 안에 일을 끝마
치고 북경으로 돌아가는 것은 힘들어 보였다.

무명은 객잔 방에서 구입한 의복으로 갈아입었다.

강호인들이 흔히 입는 평범한 청의(靑衣)였다. 머리에는 청
건(靑巾)을 썼다.

관복을 갈아입은 이유는 환관이라는 신분을 숨기기 위해서였다. 무슨 이유로 황궁에 잠행하고 있는지 모르는 이상 신분을 드러내지 말아야 했다.

해가 지고 술시(戌時)가 되자 무명은 객잔을 나섰다.

출발하기 전에 그는 점소이에게 물었다.

"백팔룡이 어디에 있소?"

"네? 그건 저……."

"황가전장에 가려고 하오."

"아, 그러시군요. 이쪽으로 가다가 세 번째 나오는 사거리에서 왼쪽으로 도십시오."

점소이는 혹도 방파를 묻자 꺼리는 눈치였지만 황가전장이란 말에 금세 태도를 바꾸며 대답했다.

무명은 객잔을 나와 거리를 걸었다.

태안은 제법 큰 도시였다. 중앙에 넓은 대로(大路)가 펼쳐져 있고, 양옆으로 수많은 건물이 늘어서 있었다. 북경처럼 고관대작의 가마는 없었으나 화려한 복색을 갖춘 자가 종종 눈에 들어왔다.

태안이 마을이라 불리는 것은 황궁이 있는 북경 옆에 있기 때문이리라. 다른 지방이라면 도시라고 해도 무방할 정도였다.

무명은 점소이가 말한 대로 길을 따라갔다.

그런데 세 번째 사거리를 돌아 들어가자 거리가 점점 어두워졌다.

그뿐 아니라 사람들의 숫자도 눈에 띄게 줄어들었다. 바람에 날려온 흙먼지가 자욱하게 신발을 뒤덮었다. 어디선가 개 짖는 소리가 들렸다.

오십여 장쯤 떨어진 길의 막다른 곳에 음침한 건물이 자리하고 있었다.

무명은 건물 앞에 도착했다.

오 층짜리 건물은 고개를 들지 않으면 끝이 안 보일 만큼 제법 웅장했다.

하지만 대문에는 편액조차 걸려 있지 않을뿐더러, 기둥과 서까래는 벌레가 먹고 썩어 있었다. 또한 지은 지 오래돼서 앞쪽을 향해 삐딱하게 기울어 있었다.

마치 늑대가 밑을 향해 아가리를 벌리고 있는 듯한 광경.

그 음침하고 싸늘한 모습이 황량한 거리와 함께 보는 사람의 마음을 불안하게 만들었다.

문제는 대문이 쇠사슬이 칭칭 감긴 채 잠겨 있다는 것이었다.

무명은 안으로 어떻게 들어가야 하는지 몰라 고민했다.

뜻밖에도 문제는 쉽게 해결됐다.

끼이익.

건물 구석에 있는 쪽문이 열리더니, 험상궂은 사내가 얼굴을 불쑥 내밀었다.

"무슨 일이오?"

"황가전장에 볼일이 있어서 왔소."

"천간(天干)과 지지(地支)는?"

사내의 질문은 팔오금에 새겨진 암호를 말하라는 것이리라.

"갑을. 인묘."

무명이 대답하자 사내가 쪽문을 활짝 열었다.

"들어오시오."

무명은 문을 넘어 안으로 들어갔다.

쪽문을 걸어 잠근 사내는 등을 돌리더니 말없이 복도를 걷기 시작했다. 무명은 그의 뒤를 따라 걸었다.

건물은 밖에서 볼 때도 웅장했지만 안에 들어와 보니 훨씬 더 거대하고 복잡했다.

건물의 한가운데는 텅 빈 마당이었다. 마당을 중심으로 사방이 모두 집채로 둘러싸인 형태였다. 하늘 위에서 본다면 입구(口) 자 모양이리라.

안은 마당을 통해 열려 있는데, 바깥은 벽이어서 외부인의 출입을 막는 구조.

흑도 방파의 본거지다운 곳이었다.

사내는 긴 복도를 걷다가 모퉁이를 돈 다음 계단을 올라갔다. 그리고 다시 복도를 걷다가 계단을 오르기를 거듭 반복했다.

드디어 사내가 복도 옆의 방 하나를 가리키며 말했다.

"들어가시오."

무명은 문을 열고 안으로 들어갔다.

키가 작고 해골처럼 빼빼 마른 자가 황의(黃衣) 차림으로 탁자에 앉아 있었다.

그가 무표정한 얼굴로 인사했다.

"황가전장의 십삼(十三) 총관인 허철원입니다."

"……."

무명은 대답 없이 고개만 살짝 끄덕였다.

십삼총관, 서열이 열세 번째 총관이라는 뜻. 흑도 방파의 전장이라고 무시하기에는 상당한 규모였다.

스윽.

총관이 탁자 너머로 종이와 붓을 내밀었다.

무명은 무슨 뜻인지 알아차렸다. 총관은 천간과 지지에 붙은 숫자를 요구하고 있었다.

무명은 종이에다 긴 암호를 써 내려갔다.

소매를 걷을 필요가 없도록 암호는 모두 암기하고 있었다. 행여 팔오금에 문신이 새겨져 있다는 사실을 다른 자가 알면 곤란하니까.

총관은 종이를 받자 말없이 일어섰다. 그리고 문을 열고 복도로 나갔다.

차 한 잔 마실 시간이 되었을 때, 총관이 돌아왔다.

그는 두 손에 낡은 혁낭을 들고 있었다.

"맡기신 물건입니다. 천천히 보시고 필요하면 부르십시오."

"알았소."

총관이 혁낭을 건넨 다음 다시 방을 나갔다.

무명은 혁낭을 탁자에 놓고 자리에 앉았다. 그리고 혁낭의 끈을 풀어서 뒤집었다.

빛바랜 탁자 위에 무명의 과거가 우르르 쏟아졌다.

순간 무명의 양미간이 심하게 구겨졌다. 혁낭 속에서 나온 물건들이 예상과는 너무 달랐기 때문이다.

낡아빠진 기다란 가죽 통.

여인의 것으로 보이는 비녀.

반듯하게 접은 두툼한 몇 겹의 천 조각.

혁낭에 든 물건은 그게 전부였다.

무명의 눈빛이 차갑게 식었다. 자신이 맡겨두었을 물건들을 봐도 과거의 기억은 무엇 하나 떠오르지 않았다.

뒷골목의 허름한 잡화상에나 있을 법한 물건들. 아니, 잡화상에서도 팔리지 않아 선반 밑의 구석에 처박아둠 직한 것들을 무슨 이유로 혹도 방파의 전장에 맡겼다는 말인가?

기대가 컸던 만큼 실망도 컸다. 물건 중에서 자신의 정체를 깨닫고 기억을 되찾는 데 도움이 될 만한 것은 눈을 씻고 봐도 없었다.

그런데 무명이 무심코 물건을 뒤적거릴 때였다.

투웅.

천 조각 속에서 무언가가 탁자 위에 떨어졌다.

무명은 물건을 집어 들고 살폈다. 그것은 동물 문양이 새겨진 명패였다.

명패는 어른 손가락 세 개를 붙여놓은 모양이었다. 하지만 작은 크기에도 불구하고 제법 묵직했다. 또한 황금색 빛을 은은하게 반사하고 있었다. 무게와 질감으로 볼 때 순금으로 만들어진 것 같았다.

새겨진 동물 문양은 기린이었다. 기린은 사슴의 몸에 소의 꼬리와 말의 발굽을 했으며, 이마에 한 개의 뿔이 나 있는 전설 속의 영수(靈獸)다.

순간 무명은 흠칫 놀랐다.

자신의 과거는 기억하지 못하고 있는데, 어찌 된 영문인지 강호에 떠돌던 소문이 갑자기 머릿속에 떠올랐다.

그 소문은 다음과 같았다.

'기린이 새겨진 순금 명패를 가진 자는 적으로 만들지 마라.'

그 이유는, 기린 명패가 무림맹의 신물(信物)이기 때문이었다.

당금 무림맹의 위세를 등에 업고 있다는 것을 증명할 수 있는 명패. 명패를 가진 자를 공격하면 무림맹을 적으로 두는 셈이니, 함부로 대하지 말라는 소문이 회자되었던 것이다.

강호인은 그 명패를 알기 쉽게 '무림패(武林牌)'라고 불렀다 갖고만 있어도 부귀영화를 누릴 수 있다는 무림패.

무명은 이해할 수 없었다. 자신이 왜 무림패를 소지하고 있다는 말인가?

그는 얼른 천 조각으로 무림패를 다시 쌌다. 방에 들어오는 총관에게 무림패를 들키기라도 한다면 낭패였다.

그때였다.

벌컥 문이 열렸다. 그리고 총관이 뒷걸음치면서 방으로 들어왔다.

"왜들 이러십니까? 말로 하시죠, 말로."

총관의 말투가 아첨을 하는 것처럼 변해 있었다.

문가로 눈을 돌리던 무명은 그 이유를 깨달았다. 총관의 목에 한 자루의 검이 길게 드리워져 있었던 것이다.

그러나 흑도 방파의 인물인 총관은 만만하지 않았다. 그는 아첨을 하는 듯이 낯간지럽게 말을 하면서도 동시에 상대의 심중(心中)을 헤아리려 했다.

"보기 드문 명검이군요. 이 검을 황가전장에 맡기신다면 어디 보자, 황금 삼십 냥은 내어드릴 수 있습니다. 어떠십니까, 흐흐흐?"

검의 주인이 대답했다.

"필요 없다. 대신 네 목을 베는 대가로 내 황금 삼십 냥을 내어주지."

"……."

냉혹하기 짝이 없는 말투. 총관은 기가 질렸는지 입을 다물었다.

검 주인이 총관을 뒤로 밀어붙이며 방으로 들어왔다. 이어서 그와 일행인 듯한 남녀 몇 명이 안으로 뛰어들었다.

마지막으로 들어온 자가 문을 닫았다. 탁.

그들은 전부 다섯 명으로, 남자가 셋에 여자가 둘이었다.

무명은 불청객(?)에 의해 졸지에 방에 갇히는 꼴이 되고 말았다.

그들은 모두 손에 한 자루씩 검을 들고 있었다. 또한 남녀할 것 없이 살결이 희고 주름살이 없는 것으로 보아, 남자들은 막 약관(弱冠)을 넘었고 여자들은 방년(芳年)의 나이로 여겨졌다.

이십 대 초반의 남녀 다섯. 행동에 거침이 없고 총관을 겁박하는 폼으로 볼 때, 혹도 무리가 아니라 명문정파의 인물들인 것으로 짐작되었다.

한 가지 이상한 점은 그들이 제각각 다른 복장을 걸치고 있다는 것이었다.

그게 뜻하는 것은 하나였다.

남녀 다섯은 모두 문파가 다르다. 무명은 그 사실을 깨닫고 침을 꿀꺽 삼켰다.

다섯 개의 문파에서 제자를 하나씩 뽑아 조직을 만들었다? 눈앞의 남녀가 당금 강호에서 내로라하는 명문정파의 후기지

수들이라는 뜻이리라.

그때 조장으로 보이는 남자가 총관을 위협하며 말했다.

"이강이 있는 방을 말해라."

무명은 자신의 귀를 의심했다.

그것은 귀를 의심케 만드는 말이었다.

"이강이 있는 방이 어디냐?"

남녀들의 조장인 듯한 자가 검을 쥔 손에 힘을 넣으며 말했다.

검날이 살 속을 파고들자 총관의 목에서 핏방울이 흘렀다. 그가 떨리는 목소리로 말했다.

"나는 모릅니다."

"총관이란 자가 자기 방과 일을 모른다고?"

"정말입니다! 저는 황가전장을 관리할 뿐 백팔룡의 일은 모릅니다. 전장 사람이 상부 일을 알려고 했다가는 목이 떨어진다구요!"

"흐음."

조장이 어깨를 으쓱하더니 함께 온 자들을 보며 물었다.

"모르는 것 같은데? 어떻게 할까?"

그러자 키가 남들보다 머리 하나는 더 크고 비쩍 마른 남자가 말했다.

"혹도 무리는 권주를 주면 거짓을 말하고 벌주를 먹여야 진실을 토하는 법. 고문하자."

"아닙니다! 정말 모릅니다!"

총관이 하얗게 질린 얼굴로 소리쳤다.

이번에는 연분홍색 옷을 곱게 차려입은 여자가 고갯짓으로 누군가를 가리키며 말했다.

"저자한테 물어보면 어때? 근데 저자도 고문해야 되나? 아, 비명 소리 듣는 건 싫은데."

그녀가 가리킨 사람은 바로 무명이었다.

무명은 어이가 없었다. 명문정파의 후기지수로 보이는 자들이 무턱대고 고문부터 하자고 나서다니? 말이 명문정파지, 그래서야 흑도 무리와 무엇이 다르다는 말인가.

그때 세 번째 남자가 입을 열었다. 그는 가늘고 길게 찢어진 눈을 하고 있었는데, 눈웃음을 짓고 있는 바람에 눈동자가 눈꺼풀에 가려서 보일락 말락 했다.

무언가 숨기고 있는 듯한 인상을 주는 얼굴.

게다가 그는 같은 연배로 보이는 무리에게 존대를 하는 것이었다.

"아무리 고문해도 저 남자는 입을 안 열 겁니다."

장신의 남자가 인상을 구기며 물었다.

"왜지?"

"저자는 흑도 방파가 운영하는 전장, 즉 흑점에 물건을 맡기러 온 서생일 뿐입니다."

"그걸 어떻게 아는데?"

"이런, 이런. 두 눈으로 보고도 모르겠습니까? 첫째, 총관은 황의를 입었는데 저자는 청의를 입고 있어요. 황가전장의 사람이 아니라는 뜻이죠."

웃는 눈의 남자가 검지를 까닥거리며 설명했다.

"둘째, 우리가 검을 들고 방에 들어왔는데 저자와 총관은 시선조차 마주치지 않는군요. 서로 모르는 사이라는 뜻입니다. 그런데 탁자 위에 낡은 혁낭이 있군요. 혁낭에 든 물건을 흑점에 맡기러 왔다가 봉변을 당한 서생이 백팔룡의 일을 알 리가 없죠."

"……."

장신의 남자는 더는 따지지 못하고 침음했다.

다른 자들도 입을 다물었다. 웃는 눈의 남자가 한 설명에 모두가 수긍한 얼굴이었다.

그런데 누군가가 반박하고 나섰다.

"아니. 이곳 사람이 아니라고 해도 그냥 내버려 둘 수는 없어."

말을 꺼낸 이는 두 여자 중 나머지 한 여자였다.

그녀는 머리를 뒤로 틀어서 묶고 눈처럼 새하얀 도복을 입고 있었는데, 남녀 무리 중 가장 명문정파의 후기지수다운 청수한 모습이었다.

그녀가 당찬 목소리로 말했다.

"저자도 심문해 볼 필요가 있어."

웃는 눈의 남자가 안 그래도 작은 눈을 더욱 가늘게 뜨며 물었다.

"왜죠?"

"일부러 흑점에 물건을 맡기러 온 자야. 명문정파 사람이 아니라 같은 흑도인이라는 뜻이잖아? 저 남자한테도 뭔가 캐낼 정보가 있을 거야."

"휴우, 설마 중원의 흑도 무리를 몽땅 잡아넣을 생각이십니까? 소림사의 참회동(懺悔洞)이 미어터질 텐데요?"

"상관없어. 그게 우리 정파인의 임무잖아?"

"아무렴요."

웃는 눈의 남자는 푹 한숨을 쉬며 어깨를 늘어뜨렸다.

여자가 무명에게 검을 겨누며 말했다.

"문파나 신분이 무엇이냐?"

"……"

무명은 뭐라도 대답을 하고 싶었다. 빨리 이 자리를 뜨고 싶었기 때문이다.

그 이유는 물론 이강이었다.

명문정파의 남녀들이 찾고 있는 이름, 이강.

이강이란 이름이 강호에 흔할 리가 없으니, 그들이 찾는 자는 지하 감옥에서 무명이 만났던 이강이 틀림없으리라. 무명은 강호제일악인을 자처하는 이강과 행여 다시 엮이게 될까 봐 불안했다. 남녀 무리에게 끌려다닌다면 필시 그와 재회하게 될 테니까.

그러나 딱히 할 말이 없었다. 기억을 잃어서 이름도 모르는 판이 아닌가.

그렇다고 가짜 신분인 환관을 들먹이기도 곤란했다.

결국 할 말은 하나밖에 없었다.

"나는 백팔룡과 아무 상관없는 자요."

"그 말을 어떻게 믿지?"

"나는 강호인이 아니오. 그냥… 일개 서생이오."

그 말에 여자가 피식 웃었다.

"일개 서생? 스스로를 지나치게 낮추는 게 수상하군. 게다가 백팔룡에 발을 들인 자가 글공부나 하는 서생이라는 말을 믿으라고?"

무명은 말문이 막혔다.

다행히 조장은 그녀와 생각이 다른 것 같았다.

"그만해라. 일개 서생이든 흑도 무리든 우리와는 상관없잖아."

"하지만……."

"명심해. 우리 임무는 이강을 붙잡는 거야. 저런 위군자 따위는 잊어버려."

위군자(僞君子). 스스로 군자인 척하지만 실제 행동은 소인배나 다름없는 자를 뜻하는 말.

무명이 흑점에 발을 들인 서생이니, 조장은 그를 위군자라 칭하며 신경 쓰지 말라는 것이었다.

여자는 더는 반대하지 않았다. 그러나 입술을 꽉 깨문 모습이, 명령에는 복종해도 심적으로는 동의할 수 없다는 얼굴이었다.

그녀가 무명을 겨눴던 검을 내리며 말했다.

"거기 꼼짝 말고 있어. 도망치려고 했다가는 목이 떨어질 줄 알아."

웃는 눈의 남자가 끼어들었다.

"이왕이면 입도 뻥긋하지 말라고 하시죠? 백팔룡이 듣게 소리라도 치면 어쩔 겁니까?"

"…말도 하지 마."

무명은 입은 열지 않고 고개만 끄덕였다.

그는 탁자 위에 늘어놓은 물건들을 혁낭 속에 집어넣으려 했다. 그때였다. 갑자기 화약이 폭발하는 것처럼 머릿속이 크게 울렸다.

쿵!

엄청난 충격이었다. 마치 거대한 바위가 머리를 강타한 것 같았다.

영문 모를 고통에 무명은 손을 헛짚고 말았다. 그 바람에 천 조각에 싼 무림패가 미끄덩 빠지면서 바닥에 떨어졌다.

투웅.

웃는 눈의 남자가 한숨을 쉬며 중얼거렸다.

"이런, 이런. 꼼짝하지 않고 입을 열지 않아도 소리를 내는 방법이 있었군요. 아니, 잠깐. 혹시 그 물건은⋯⋯."

그의 눈이 더욱 가늘게 변했다.

"설마 무림패?"

다른 남녀들이 일제히 고개를 돌리다가 무림패를 보고는 눈이 휘둥그레졌다.

"무림패라고?"

"저자가 왜 무림패를 갖고 있는 거야?"

"정말 무림패인지 아니면 가짜인지는 아직 모르는 터. 평범한 흑도 무리가 아니라는 것은 분명하군."

"아아, 갑자기 무림패가 왜 나와? 일 더 복잡해지겠네."

웃는 눈의 남자가 슬쩍 허리를 굽히는가 싶더니 어느새 무명의 코앞으로 다가와 바닥에 떨어진 무림패를 집어 들었다. 무명은 그의 재빠른 경신법에 침을 꿀꺽 삼켰다.

"무게로 짐작컨대 순금이 맞군요. 기린 문양도 제대로 새겨져 있고요. 무림패가 맞다고 생각됩니다."

청수한 여자가 물었다.

"그걸 어떻게 확신하지? 악척산 말대로 가짜 무림패일 수도 있잖아?"

"아무리 무림맹의 위세가 예전만 못하다지만, 일개 서생이 가짜 무림패를 만들어서 갖고 다닌다고요? 아니, 중원의 흑도 무리 중에 가짜 무림패를 만들 만한 강심장이 있기나 합니까?

구륜교 정도 되는 사파 놈들이 아니고서야."

"…그렇긴 하군."

여자가 고개를 끄덕이며 수긍했다.

웃는 눈의 남자가 말을 계속했다.

"이 무림패가 진짜라고 가정한다면, 우리에게는 두 가지 길이 있습니다."

"그게 뭐지?"

"무림패가 훔친 거라면 어떻게 손에 넣었는지 심문해야 됩니다."

"훔친 게 아니라면?"

"정식으로 무림패를 받았다는 얘기니, 당장 무릎을 꿇고 저자의 명을 받들어야겠죠."

"말도 안 돼!"

여자가 무명의 목에 다시 검을 들이댔다.

"무림패를 어디서 훔쳤지? 대답하면 목숨은 살려주겠다."

장신의 남자가 끼어들며 말했다.

"심문 방법이 잘못됐어. 대답을 안 하면 어차피 훔쳤다는 뜻일 테니, 이러쿵저러쿵 말할 것 없이 그냥 목을 베면 돼."

다섯 남녀의 시선이 싸늘하게 변했다.

무명은 가슴이 철렁했다. 하지만 할 말이 없었다. 대체 무슨 말을 해야 된다는 말인가? 혁낭 속에서 왜 무림패가 나왔는지, 아니, 혁낭이 자신의 것인지조차 알지 못하는데.

그때 무명을 돕는 일이 벌어졌다.

쾅쾅쾅!

"십삼총관, 안에 있나?"

누군가가 문을 세게 두드리며 소리쳤다. 백팔룡의 무사인 것 같았다.

다섯 남녀가 서로를 쳐다보았다.

조장이 목소리를 낮추고 말했다.

"이강과 함께 이 서생도 끌고 간다."

"진심이십니까? 이 난리 통에?"

"무림패를 훔쳤다면 심문해야 된다고 말한 건 네가 아닌가?"

"정식으로 받았다면요?"

"그럼 우리가 호위해서 흑도 방파를 나가는 셈이니, 무림맹을 거스르는 것은 아니겠지."

"호오, 그것 참 우문현답이군요."

다른 남녀도 조장의 결정에 고개를 끄덕이며 동의했다.

조장이 남녀를 훑어보다가 청수한 여자에게 시선을 멈추고 말했다.

"서생은 네가 맡아."

"알았어."

여자가 고개를 끄덕여 보였다. 무명은 난감했다. 과거 기억을 되찾으러 왔다가 졸지에 정체 모를 자들에게 납치되는 셈이 아닌가.

밖에서 무사가 재차 문을 두들겼다.

"가게에 불청객이 들었다! 대답을 해! 안에 있는 거야, 없는 거야?"

불청객이 다섯 남녀라는 것은 불 보듯 뻔했다.

무명은 그들이 어떻게 이 위기를 벗어날지 궁금했다. 그런데 명문정파 남녀들의 선택은 무명의 상상을 뛰어넘는 것이었다.

조장이 삐익 하고 휘파람을 불었다.

장신의 남자가 바람처럼 앞으로 나섰다. 그리고 팔을 뻗어 손바닥으로 밀듯이 문을 쳤다.

터엉! 경첩이 박살 나며 문이 통째로 날아갔다.

"크억!"

방문 바로 앞에 있던 무사는 피할 새도 없이 문에 깔려서 쓰러졌다.

조장이 명령했다.

"가자."

그들은 혹도 방파의 눈을 피해 잠행할 생각은 처음부터 없었던 것이다. 무명은 그들이 백팔룡의 문지기를 협박해서 대문을 통과했을 것이라고 짐작했다.

다섯 남녀는 위풍당당하게 복도로 걸어 나왔다. 방에서 나오기 전, 무명은 짐을 정리하고 혁낭을 등에 멨다.

그런데 막 방을 나선 무명의 눈에 어떤 장면이 들어왔다.

건물 건너편의 방으로 색색의 옷을 차려입은 여인들이 황급히 들어가는 모습이었다.

순간 무명은 자기도 모르게 말했다.

"이강이 있는 곳을 알았소."

그 말에 다섯 남녀가 고개를 휙 돌렸다.

무명은 말이 채 끝나기도 전에 후회를 했다. 대체 왜 말을 꺼냈는지 스스로도 알 수가 없었다. 강호제일악인 이강과 엮이는 것은 꿈꾸기조차 꺼려 하던 자신이 아닌가.

"뭐라고? 그게 어디냐?"

조장이 물었다. 일단 말을 꺼낸 이상 대답할 수밖에 없었다.

"…마당을 사이에 두고 맞은편의 오 층 중앙에 있는 방이오."

"거기에 이강이 있다는 증거가 뭐지?"

"방금 그 방으로 여인들이 들어갔소."

"여인들? 흑점에 기녀가 있는 건 당연한 일인데, 그게 증거라는 거냐?"

조장이 무명의 말을 의심할 때, 웃는 눈의 남자가 끼어들었다.

"실은 저도 봤습니다."

"너도?"

"네. 싸구려 기녀가 아니라 복장이 제법 화려하더군요. 제가 본 것만 해도 세 명이었죠. 맞습니까?"

그는 무명에게도 존댓말을 했다. 무명이 대답했다.

"모두 넷이었소."

"대체 무슨 속셈이지? 기녀들이 방에 들어간 걸 갖고서 이강이 있다니?"

청수한 여자가 묻자, 무명이 웃는 눈의 남자와 시선을 한 번 주고받은 뒤 말했다.

"기녀들은 당신들이 침입했다는 말을 듣고 서둘러 방으로 피신했을 것이오. 그런데 이런 흑도 방파에 어울리지 않는 고급 기녀들이 있다는 말은, 즉 방에 귀한 손님이 있다는 뜻이 아니겠소?"

"백팔룡에게 강호 사대악인인 이강은 상전이나 다름없을 테죠."

웃는 눈의 남자가 무명의 말을 거들었다.

연분홍 옷의 여자가 하품을 하며 말했다.

"아하암, 어차피 이강 잡으려면 방을 몽땅 뒤져야 되잖아? 서생 말 믿고 가보자. 거짓말한 거면 그때 가서 목을 베든지 하고."

다른 자들에게는 태평스럽게 들리겠지만, 무명에게는 소름 끼치는 말이었다.

조장이 말했다.

"좋다. 저곳으로 간다."

그들은 이강이 있는 방으로 향했다.

이강이 있는 방은 입 구(口) 자 모양 건물의 맞은편 오 층이었다.

무명이 있는 곳은 삼 층이었다. 두 층을 올라가서 건물을 반 바퀴 돌아야 된다는 뜻이었다.

다섯 남녀는 무명을 포위한 채 이동했다. 혹도 무리가 나오든 말든 상관없다는 당당한 걸음걸이였다.

그들이 사 층에 올라갔을 때였다.

사 층 방의 문이 한꺼번에 열리면서 무사들이 뛰쳐나왔다.

"저기 있다! 잡아랏!"

수십 명의 무사들이 도검을 휘두르며 달려들었다.

그러나 다섯 남녀는 눈썹 한 번 찡그리지 않고 가볍게 혹도 무리를 상대했다.

조장과 장신의 남자는 선두에 서서 무리를 이끌었다. 후방은 웃는 눈의 남자와 연분홍 옷의 여자가 지켰다. 무명을 맡은 청수한 여자는 중앙에 위치했다.

한 치의 빈틈도 없는 일사불란한 움직임.

무명은 그들이 한두 번 호흡을 맞춰본 게 아니라는 것을 깨달았다.

무사들의 숫자는 오십 명 가까이 되었다. 남녀들보다 열 배가 많다는 뜻이다.

하지만 잠시 후, 무명은 무사들 쪽이 불쌍해지기 시작했다.

다섯 남녀는 손속에 조금도 사정을 두지 않았다. 검광이 번쩍일 때마다 무사들이 비명을 지르며 바닥을 나뒹굴었다.

"아아아악!"

흑도 방파의 싸움 방식은 많은 숫자로 상대를 위협한 다음 기세를 올려 몰아치는 것이다.

그러나 백팔룡의 기세는 금세 꺾여 버렸다. 쪽수를 앞세운 인해전술은 검술의 고명함 앞에 꼬리를 말았다.

다섯 남녀는 걷는 속도를 멈추지 않고 오히려 무사들을 밀어붙였다.

무사들은 뒤로 물러서다가 발이 엉켜서 넘어지는 등 진영이 완전히 무너졌다.

계단에 도착하자, 남녀 넷이 복도 좌우를 맡았다. 그리고 청수한 여자가 무명을 먼저 계단 위로 올려 보냈다.

그녀가 검 끝으로 무명의 등을 찌르며 말했다.

"앞장서. 도망치려 했다가는 죽은 목숨인 줄 알아."

"......"

무명은 계단을 올라갔다.

그런데 백팔룡의 반격이 거센지 다섯 남녀가 조금 뒤처졌다.

무명은 도망칠 기회라고 생각했다.

하지만 도망치다가 백팔룡 무사들과 마주친다면? 전장 손님이라는 것을 그들이 믿어줄까? 만약 남녀들과 한패로 여기면 무슨 말로 변명할 것인가?

무명이 결정을 못 내린 채 오 층에 발을 들일 때였다.

무사 하나가 모퉁이를 돌다가 무명과 정면으로 마주쳤다.

"불청객?"

일순 당황하던 그는 무명을 적으로 여기고 칼을 내리쳤다.

날이 활처럼 휘어졌으며 도신이 넓은 만도(蠻刀)가 무명의 머리로 날아들었다.

순간 무명이 왼발을 상대를 향해 비스듬히 뻗었다. 동시에 오른발을 뒤로 빼며 몸을 옆으로 빙글 돌렸다.

만도는 무명의 머리카락 한 올 자르지 못하고 허공을 갈랐다.

이어서 무명은 오른손으로 검을 든 상대의 손목을 잡고, 왼팔로는 상대의 팔꿈치를 눌렀다. 그리고 상대와 자신의 팔이 덩굴처럼 뒤엉켰을 때, 온몸의 힘을 왼팔에 실어서 눌렀다.

콰직! 무사의 팔꿈치가 반대로 꺾이며 탈골됐다.

"아아악!"

무사가 비명을 지르며 바닥에 쓰러졌다. 그는 순식간에 힘줄이 끊어지고 탈골된 자신의 팔을 믿을 수 없다는 듯이 쳐다봤다.

그러나 지금 일을 더욱 믿을 수 없는 자는 무명이었다.

그는 어떻게 무공을 출수했는지 의아했다. 자신은 그저 일개 서생이 아니었던가?

문득 무명은 어떤 생각이 떠올랐다.

'내가 서생이라고? 나는 서생이었던 기억이 없다. 아니, 기억해 본 적이 없다.'

그랬다. 지하 감옥에서 눈을 뜬 이후, 다른 자들이 무명더러 서생이라고 불렀을 뿐이다. 사내답지 않게 흰 얼굴을 보고 글만 읽은 백면서생이라며 지레짐작했을 뿐이다.

하지만 무명은 자신이 강호인이라는 사실을 깨달았다.

본능적으로 무사의 칼을 피한 다음 금나수로 처리한 것은 일개 서생이 펼칠 수 있는 수법이 아니니까.

그렇다면 자신의 정체는 대체 무엇인가?

무명이 생각에 빠져 멍하니 있을 때, 다섯 남녀가 계단을 올라왔다.

가장 먼저 올라온 것은 조장이었다. 그는 쓰러진 무사를 보자 망설임 없이 검을 찔렀다.

"허억……."

이미 중상을 입은 무사는 비명도 지르지 못한 채 절명했다. 그 바람에 무명이 무사를 제압한 것은 아무도 눈치채지 못하고 넘어갔다.

그들은 거침없이 오 층 중앙의 방으로 향했다.

방에 도착하자, 장신의 남자가 다시 한번 문을 박살 냈다.

터엉.

문짝이 날아가자 방의 광경이 보였다.

무명의 추측이 맞았다. 방에는 이강이 좌우에 기녀 둘씩을 낀 채 긴 의자에 앉아 있었던 것이다.

연분홍 옷의 여자가 무명을 보며 말했다.

"다행이네. 목이 떨어질 일은 없겠어."

"……"

재미있는 일이 없어져서 아쉽다는 듯 시무룩한 표정.

무명은 눈앞의 다섯 남녀가 명문정파가 맞는지 의심되었다.

청수한 여자가 무명의 등을 검으로 찔렀다.

"들어가."

다섯 남녀와 무명이 방으로 들어갔다.

이강은 남녀 무리가 등장했는데도 여전히 수작을 부리며 기녀들을 희롱했다. 그러다가 뒤늦게야 깨달았다는 듯 과장된 몸짓으로 고개를 돌리며 말했다.

"아니, 이게 누구신가? 소문으로만 듣던 창천칠조가 아니신가?"

예의 태연자약한 목소리였다.

창천칠조(蒼天七組)? 무명은 짐작이 맞다고 생각했다. 다섯 남녀의 정체는 명문정파의 후기지수들로 만들어진 조직이리라.

손속은 어떤 혹도 무리보다 악랄하지만.

이강이 의자에 몸을 깊숙이 묻으며 다리를 꼬았다. 그리고 거만하게 고개를 치켜든 자세로 물었다.

"그래, 우는 아이도 이름을 들으면 울음을 멈춘다는 창천칠조가 흑점에는 어인 일로 행차하셨지?"

조장이 피식 웃음을 터뜨리며 말했다.

"적월혈영 이강, 우리와 소림사로 동행해야겠다."

"소림사? 이 여자들을 놔두고 땡초들 땀내 나는 곳으로 가자고?"

이강이 킬킬거리며 말을 이었다.

"그쪽에도 여자가 둘 있군. 하지만 쪽수도 외모도 이쪽이 더 나아서 못 가겠는걸."

"그 입 닥치지 못해!"

청수한 여자가 이강을 향해 검을 겨누었다.

조장이 손을 들어 막았다.

"물러서."

"하지만 저자가 지금⋯⋯."

"경거망동하지 마. 우리 임무는 저자를 소림사로 데려가는 거야."

"알았어."

여자는 입술을 질끈 깨물고 뒤로 물러났다.

이강이 어깨를 으쓱하며 말했다.

"네년의 사일검법이 꽤 뛰어나다지? 구경할 기회를 놓쳐서 아쉽군."

"걱정 마. 소림사에서 나오자마자 네 심장을 검이 꿰뚫을 테니까."

"오호라, 그거 기대되는군. 아니, 잠깐. 네놈은……."

이강이 말을 멈추더니 고개를 돌려 사람들을 훑었다. 두 눈은 없지만 생각을 읽었는지 그의 고개가 무명의 앞에서 멈췄다.

"네놈, 무명이냐?"

자신의 이름을 지어준 자에게서 다시 그 이름을 듣는 기분은 썩 좋지 않았다.

무명이 대답했다.

"그렇소."

"네놈이 여기 무슨 일이지? 설마 창천칠조 풋내기들과 한패일 리는 없을 테고."

"전장에 왔다가 이자들에게 붙잡혔소."

"왜? 이놈들이 무엇 하러 서생 따위를?"

무명은 짜증이 났다. 자신이 정말 일개 서생이라면 아무도 관심을 두지 않으면 될 것 아닌가? 그가 차갑게 말했다.

"말하기 귀찮소. 당신 특기가 있지 않소? 알아서 읽어보시오."

"후후후, 그놈 참."

킬킬거리며 웃던 이강이 갑자기 정색을 하며 말했다.

"네놈과는 왠지 강호에서 다시 볼 것 같았다. 하지만 그 무간지옥을 나와서 며칠 되지도 않았는데 이렇게 마주칠 줄은 꿈에도 몰랐군."

"동감이오."

웃는 눈의 남자가 끼어들었다.

"대체 무슨 일이죠? 두 분이 알고 지낸 사이십니까?"

"그래. 저 서생 놈이 바로 강호에 알려지지 않은 사대악인 중 한 놈이다."

"뭐라고요?"

웃는 눈의 남자의 시선이 무명에게 꽂혔다. 마치 검처럼 날카로운 그의 눈빛에 무명은 등골이 서늘했다.

다섯 남녀, 창천칠조 전원이 무명의 목에 검을 겨눴다.

―척!

"농담이다, 농담! 뭘 그렇게들 놀라냐? 크하하하하!"

이강은 방이 떠나가라 광소를 터뜨렸다.

그제야 창천칠조는 이강이 자신들을 조롱했다는 것을 깨달았다.

장신의 남자가 검 끝을 이강에게 돌리며 말했다.

"이강, 진정 죽고 싶나 보군."

"어떻게 알았지? 백이십 살쯤 되어 처첩 일곱을 옆에 끼고 침대에서 천수를 다하는 게 내 소원이다."

"백 년 더 일찍 보내주지."

둘의 눈빛이 허공에서 교차해서 불꽃이 튀었다. 조장이 검을 들어 막았다.

"그만둬. 우리는 지금 각 문파 사람이 아니라 무림맹의 창천칠조라는 것을 잊지 마라."

"……."

장신의 남자가 말없이 뒤로 물러섰다.

조장이 품에서 서찰을 꺼내 이강에게 내밀었다.

"소림사 방장님께서 네게 서찰을 쓰셨다."

하지만 이강은 서찰을 받기는커녕 딴청을 부렸다.

"어이쿠, 땡초들 대장이 내게 직접? 근데 어쩌지? 보다시피 내가 두 눈이 없어서 말야. 송구하지만 다시 돌려보내게, 후후후."

두 눈이 없는 건 사실이지만, 이강의 말은 핑계나 다름없었다.

조장이 싸늘하게 이강을 노려보면서 직접 서찰을 풀었다. 그리고 엄숙한 목소리로 읽었다.

"이강 시주, 소림사에 진 빚을 갚으러 오길 청하오. 소림 방장 무혜."

서찰의 내용은 간단했다.

그러나 창천칠조는 의아하다는 얼굴로 고개를 갸웃거렸다.

"빚? 무슨 뜻이지?"

"저자가 소림사에 진 빚이 있나 보군."

"소림사에서 사대악인한테 돈을 빌려줬다고? 말도 안 되는 소리!"

"적월혈영은 빚을 갚는다, 라는 말이 있다는 소문은 들었습니다만."

"빚을 갚는다고? 그게 무슨 뜻인데?"

"그거야 저도 모르죠."

다들 어리둥절한 얼굴을 하고 있을 때였다.

이강이 말했다.

"소림사로 가겠다."

이강의 말이 뜻밖이었는지 창천칠조가 서로를 쳐다봤다.

조장이 말했다.

"좋다. 지금 당장 떠나자."

의외로 일이 쉽게 풀리자, 창천칠조는 어깨를 으쓱하면서 미소를 지었다.

하지만 무명은 이강의 분위기가 달라진 것을 느꼈다. 웃음기가 싹 사라진 목소리. 이강과 소림사 사이에 무명이 알지 못하는 어떤 사정이 있는 게 분명했다.

창천칠조가 이강과 무명을 대동하고 방을 나왔다.

그러나 백팔룡을 나가는 일은 첩첩산중이었다.

복도 양옆은 물론, 건물 층층마다 백팔룡의 무사들이 도검을 들고 불청객을 기다리고 있었던 것이다.

무사들 중 나이가 지긋하고 위세가 있어 보이는 자가 소리쳤다.

"적월혈영! 우리 백팔룡의 대접이 시원찮았소?"

말하는 것으로 보아, 백팔룡의 방주인 듯했다.

이강이 대답했다.

"아니. 덕분에 잘 놀았다."

"그럼 왜 불청객들과 함께하는 것이오? 저들과 한패요?"

"한패? 이런 애송이들과? 차라리 세 살배기 애들을 모아놓고 골목대장을 하지."

"한패가 아니라고? 좋소. 우리는 당신과 빚을 만들기 싫소. 그러니 끼어들지 마시오."

"좋을 대로."

이강이 팔짱을 끼며 벽에다 등을 기댔다.

눈앞에서 누가 죽든 말든 상관없다는 태도.

자신은 창천칠조와 백팔룡의 싸움에 관여하지 않겠다는 뜻이었다.

이강이 조장에게 말했다.

"네놈들을 따라 소림사로 가겠다는 거지, 싸움을 돕겠다는 말은 안 했다."

하지만 조장은 이강의 말에 피식 웃어 보이는 것이었다.

"사대악인의 도움 따위는 필요 없소."

백팔룡의 무사들이 도검을 쥔 채 복도 양옆에서 다가왔다.

창천칠조의 검에 이미 동료 십여 명이 불귀의 객이 된 상황.

때문에 그들의 발걸음은 살얼음판을 걷듯이 조심스러웠다.

그러나 승리는 결국 시간문제였다. 수백 명이 진을 치고 있는 백팔룡에서 고작 남녀 다섯 명이 무엇을 할 수 있다는 말인가?

무사들의 표정이 점점 자신감으로 가득 찼다.

하지만 창천칠조의 생각은 전혀 달랐다.

조장이 명령했다.

"시작해."

"알겠습니다."

웃는 눈의 남자가 품에서 무언가를 꺼내 복도 너머로 던졌다.

휘익. 정체 모를 물건이 날아오자 무사들은 화들짝 놀라 몸을 피했다.

물건은 그대로 바닥에 떨어져서 산산조각 났다. 챙강.

무사 하나가 물건의 정체를 깨닫고 말했다.

"뭐야? 술병 아냐?"

바닥에 떨어져 깨진 물건은 평범한 술병이었다.

백팔룡 방주가 비웃으며 말했다.

"꼴에 명문정파라고 흑도의 술은 못 마시겠다는 거냐?"

"그럴 리가요? 그 술은 제사상에 올리는 것입니다."

웃는 눈의 남자가 말했다.

"저승 가기 전에 한잔하시지요."

그때였다.

술병이 깨진 바닥에서 희뿌연 연기가 솟아오르기 시작했다.

6장.

무림의 태산북두 소림사(小林寺)

<u>스스스스스.</u>

바닥에서 희뿌연 연기가 솟아올랐다.

웃는 눈의 남자가 품에서 다른 술병을 꺼냈다. 그리고 이번에는 마당을 가로질러 사 층을 향해 집어 던졌다.

앞에 있던 무사가 날아오는 술병을 엉겁결에 만도로 내리쳤다. 술병이 박살 났다.

문제는 술병이 아니었다.

술병이 깨지면서 안에 든 술이 사방팔방으로 흩뿌려졌다. 그러자 술이 묻은 바닥에서 연기가 피어오르기 시작했다.

물이 닿으면 연기가 나는 무언가가 바닥에 뿌려져 있었던 것이다.

백팔룡 방주가 뒤늦게 그 사실을 깨닫고 소리쳤다.

"술병을 깨뜨리지 마라! 바닥에 물이 묻으면 안 돼!"

웃는 눈의 남자가 삼 층을 향해 재차 술병을 던졌다.

술병이 공중에서 빙글빙글 돌면서 내려올 때, 무사 하나가 손을 뻗어 그대로 낚아챘다. 탁. 주위에 있는 무사들이 모두 가슴을 쓸어내리며 안도했다.

하지만 창천칠조의 손속은 정(情)이 없으며, 또한 확실했다.

"호오, 그걸 잡으셨습니까? 대단하시군요."

웃는 눈의 남자가 말을 끝내기도 전에 소매를 펄럭이며 암기를 투척했다.

동전을 던져서 쓰는 암기, 금전표(金錢鏢)였다.

쉬익! 전광석화처럼 날아간 금전표가 무사의 손에 있는 술병을 깨뜨렸다.

챙강!

술이 바닥에 쏟아지자 연기가 솟았다. 마치 마른 장작에 불이 붙은 것처럼, 한번 솟아오른 연기는 주변으로 빠르게 퍼져 갔다.

계속해서 웃는 눈의 남자는 품에서 술병을 꺼내 건물 곳곳에 던졌다. 그의 품속에서 나온 술병이 전부 여덟 개나 됐다. 사람의 눈을 속이는 마술 같았다.

이제 그는 술병이 바닥에 떨어지거나 말거나 금전표를 날려서 술병을 박살 냈다.

챙강, 챙강, 챙강······.

여덟 개의 술병이 건물 곳곳에 깨져서 술을 흩뿌렸다.

그리고 학살이 시작됐다.

"크허억!"

"크흡! 으아악!"

연기를 맡은 무사들이 만도를 떨어뜨리고 목을 움켜쥐었다. 그들은 손톱으로 미친 듯이 목을 쥐어뜯었다. 살점이 파이고 피가 흘렀다. 그러다가 그들은 두세 번 몸을 부르르 떨더니 곧 하나둘 쓰러졌다. 그리고 다시 일어나지 못했다.

순식간에 백팔룡 건물 전체가 희뿌연 연기로 뒤덮였다. 연기 속에서 비명과 쓰러지는 소리가 들려왔다.

이강이 싸늘한 목소리로 중얼거렸다.

"물이 닿으면 독으로 변하는 가루를 뿌려놨군."

그 말에 무명은 침을 꿀꺽 삼켰다. 창천칠조는 건물에 침입해 이강을 찾는 동시에 백팔룡을 끝장낼 함정을 만들어놨던 것이다.

연기가 바람에 실려 오자 창천칠조는 품에서 작은 환약을 꺼내 삼켰다.

웃는 눈의 남자가 이강과 무명에게도 환약을 하나씩 건넸다.

"드시죠. 산송장이 되고 싶지 않으면."

두 눈이 없는 이강이 환약을 물끄러미 응시하는 듯한 얼굴로 말했다.

"안 먹겠다면? 당문 놈들이 환약에다 무슨 장난을 쳐놓았을지 알고?"

"그건 곤란하군요. 우리는 당신을 끌고 소림사로 가야 되니, 먹지 않겠다면 억지로 삼키게 하겠습니다."

"할 수 없군."

이강이 환약을 입에 넣고 단숨에 삼켰다. 무명도 환약을 먹었다.

무명은 이강이 한 말을 생각했다. 당문(唐門). 중원에서 독과 암기를 쓰고 환약을 제조하는 곳이라면 사천당문(四川唐門) 외에는 생각할 수 없다. 무명은 웃는 눈의 남자가 사천당문의 인물일 거라고 짐작했다.

창천칠조는 이강과 무명을 포위하고 복도를 걷기 시작했다.

복도와 계단은 아직도 연기가 자욱했다. 하지만 그들은 환약을 복용했기 때문에 연기를 들이마셔도 아무렇지 않았다.

연기를 헤치고 걸을 때마다 바닥에 쓰러진 무사들이 눈에 띄었다. 그 수가 얼마나 많은지, 무사들을 밟지 않기 위해 바닥을 보며 걸어야 할 정도였다.

이강이 비웃으며 말했다.

"명문정파 무림맹이라는 놈들이 하는 짓이 고작 이거냐?"

"시절이 수상한데 살아남으려면 변해야지 어쩌겠습니까?"

웃는 눈의 남자가 쓰러져 있는 무사들을 흘깃 쳐다보며 말했다.

"독에 사정은 두었습니다. 목숨은 건질 겁니다."

"무공은?"

"혹도 무리한테 무공까지 남겨주라고요? 마음이 너무 넓으시군요. 사대악인 맞습니까?"

"이제 오대악인으로 해야겠다. 네놈을 새로 포함해서 말이다."

"재미있군요. 하지만 사양하겠습니다."

이강은 평소 그답게 조롱할 거리를 찾느라 말했겠지만, 무명은 웃는 눈의 남자가 오대악인이라는 그의 말에 동감했다.

눈앞의 광경은 결코 명문정파가 할 짓이 못 되었다.

생사를 알 수 없이 쓰러져 있는 수백 명의 무사들. 그리고 그들을 독을 써서 제압한 창천칠조.

무명은 그들 중 누가 명문정파고 누가 혹도 무리인지 알 수 없었다.

창천칠조, 이강, 무명은 쓰러진 무사들을 넘고 건물을 나왔다.

창천칠조는 짐을 푼 객잔 방으로 돌아왔다.

태안은 백팔룡 방파가 지배하는 곳이다. 그런데 불과 반 시진 전에 백팔룡에 침입해서 난리를 피웠던 그들이 태안을 떠나지 않고 그냥 객잔으로 돌아온 것이었다. 무명은 창천칠조의 대담함에 혀를 내둘렀다.

객잔에서 그들은 무명을 어떻게 처리할지 논의했다.

조장이 말했다.

"무림패를 어떻게 손에 넣었는지 말해라."

"……."

무명이 할 말이 없어서 입을 다물고 있을 때, 이강이 말했다.

"무림패? 네놈이 어떻게 그걸?"

"나도 모르오."

"아아, 그랬었지. 후후후."

이강이 쿡쿡거리면서 웃다가 창천칠조를 보며 말했다.

"아무리 물어도 소용없다. 이 서생 놈은 기억이 없으니까."

"기억이 없다니, 무슨 뜻이냐?"

"과거 기억을 몽땅 잊어먹었다는 뜻이다. 자기 이름도 모르니, 말 다 했지."

"기억상실인데 이름도 모른다고? 주화입마에 들었나?"

조장의 물음에, 무명은 고개를 저었다.

"말했지만, 나는 모르오."

"기억을 없애는 시술을 하는 의원에 대한 소문은 들었습니다만."

웃는 눈의 남자가 말했지만, 무명은 다시 고개를 저었다.

"시술을 받았는지 주화입마에 들었는지 나는 모르오."

모르는 사람이 봤다면 입을 열지 않고 심문에 굴하지 않는 것으로 여겼을 대화였다. 하지만 무명은 숨기는 것이 없었다. 정말 아무것도 모르니까.

청수한 여자가 말했다.

"일단 소림사로 끌고 가자."

웃는 눈의 남자가 손을 저으며 말했다.

"끌고 가는 게 아니라 대동한다고 말씀하시죠? 정말 무림패를 무림맹에게서 받은 건지도 모르지 않습니까?"

"웃기는 소리. 그럴 리가 없잖아."

장신의 남자가 말했다.

"소림사로 끌고 간다는 데 찬성이다. 정식으로 무림패를 받은 거라면 반대하지 않고 우리와 함께 가겠지."

"만약 가지 않겠다고 하면요?"

"그럼 무림패를 훔친 것이니, 저자를 죽이고 무림패를 우리가 가져가면 그만이다."

"무림맹이 비밀 임무라도 맡겼다면 어쩌시려고요?"

"일개 서생한테 비밀 임무라고?"

장신의 남자가 피식 웃었다. 무명은 그가 웃는 모습을 처음 봤다.

그런데 웃는 눈의 남자가 정곡을 찌르는 말을 했다.

"비밀 임무를 맡았다면 서생으로 변장하고 있는 것도 일리

가 있습니다. 게다가 저자가 정말 서생인지 아닌지 누가 안단
말입니까?"

"……."

잠깐 미소를 머금던 장신의 남자는 금세 얼굴이 굳어졌다.

서생인지 아닌지 알 수 없다. 무명은 속마음을 들킨 것 같
아서 뜨끔했다. 그리고 창천칠조 중에서 웃는 눈의 남자가 가
장 조심해야 될 인물이라고 생각했다.

창천칠조는 좀처럼 의견을 모으지 못했다. 논의는 지루하게
계속됐다.

무명은 답답했다.

황가전장에 온 이유는 자신의 정체에 대한 실마리를 찾기
위해서였다.

하지만 전장에 맡긴 물건은 잡동사니뿐이었다. 게다가 뜬
금없이 무림패가 나오는 바람에 창천칠조라는 조직에 포로로
붙잡히는 꼴이 되었으니…….

그때 어떤 생각이 머릿속을 스쳤다.

지금 자신을 둘러싼 수수께끼는 모두 세 가지였다.

첫째, 기억을 잃은 채 망자 소굴에 갇히게 된 것은 무엇 때
문인가?

둘째, 가짜 환관 신분으로 황궁에 잠행하고 있는 까닭은?

셋째, 혁낭에서 왜 무림패가 나왔을까? 훔친 건가, 아니면
무림맹에게 받은 건가?

얼핏 보면 세 가지 수수께끼는 아무 연관이 없는 것 같았다.

그러나 무명은 수수께끼들의 공통점을 찾아냈다. 세 가지 모두 강호의 안위와 관련된 중대사(重大事)라는 것이었다.

그렇다면…….

무명은 마음을 결정했다.

창천칠조는 여전히 의견 차를 좁히지 못하고 있었다.

"소림사로 끌고 가자니까! 무림패를 어떻게 손에 넣었는지 알아내야지!"

"무림패는 무림맹의 신물입니다! 무림패를 보인 자를 다짜고짜 겁박한다면 우리 스스로 무림맹의 권위를 떨어뜨리는 꼴이라구요!"

조장이 손을 들어서 남녀들을 막고 말했다.

"모두 그만. 투표로 결정하자."

"나는 소림사로 끌고 가는 데 한 표!"

"나도 거기에 한 표 더한다."

"저는 반대입니다."

"나도 반대다. 무림패를 가진 자를 무작정 잡아갈 수는 없어."

"투표라고? 재미없네. 난 빠질래."

"네가 빠지면 이 대 이라서 결론이 안 난단 말야!"

남녀들이 서로 옥신각신할 때였다.

무명이 말했다.

"소림사로 동행하겠소."

창천칠조가 일제히 고개를 돌려 무명을 봤다.

청수한 여자가 말했다.

"서생은 조용히 입 다물고 있어… 아니, 지금 뭐라고 했지?"

"소림사로 동행하겠다고 했소."

무명이 나직하지만 굳은 목소리로 말을 이었다.

"과거의 기억은 없지만 이것만은 확신하오. 내가 무림패를 훔칠 이유가 없소. 나는 어찌 된 영문인지 소림사로 가서 알 아볼 것이오."

청수한 여자가 입을 딱 벌렸다. 다른 남녀들도 넋이 나간 듯이 무명을 쳐다봤다.

무명의 말은 반론의 여지가 없었다. 당사자가 제 발로 소림사로 가서 시비를 가리겠다는데, 창천칠조가 반대할 이유가 없었던 것이다.

결국 그들은 할 말을 잃고 서로의 얼굴만 멀뚱히 바라봤다.

이강이 광소를 터뜨렸다.

"천하의 창천칠조도 서생 놈의 세 치 혀는 당해내지 못하는 것이냐? 그야말로 닭 쫓던 개 지붕 쳐다보는 꼴이구나! 크하하 하하!"

웃는 눈의 남자가 한숨을 쉬며 말했다.

"휴우, 괜히 힘만 뺐군요."

조장이 무명을 보며 말했다.

"잘 생각했다. 소림사로 가서 무림패에 관련된 진상을 밝히는 게 좋을 것이다."

무명은 그에게 말없이 고개만 끄덕여 보였다.

그러다가 청수한 여자와 시선이 교차했다. 무명을 잔뜩 째려보고 있던 그녀는 눈이 마주치자 고개를 홱 돌려 버렸다.

무명을 둘러싼 창천칠조의 논의는 그렇게 끝이 났다.

그때 무명의 머릿속에 '후후후' 하는 웃음소리가 들렸다.

이강이 전음을 보내왔다.

[왠지 이렇게 될 것 같았다.]

[또 생각을 읽은 것이오?]

[아니. 네놈이 기억이 없다고는 해도 무슨 꿍꿍이를 숨기고 있다는 건 알고 있다. 호랑이를 잡으려면 호랑이 굴로 들어가야겠지.]

[…….]

[조심해라. 제 발로 사형대 위에 올라가는 죄수가 될라. 후후후.]

이강은 그 말을 마지막으로 전음을 끝냈다. 무명은 자기 생각이 훤히 들여다보이는 것 같아 기분이 좋지 않았다.

무명이 동행을 결정하자, 창천칠조는 짐을 정리하고 객잔을 나왔다.

창천칠조, 이강, 무명은 소림사가 있는 하남 땅으로 향했다.

창천칠조는 쉬지 않고 말을 달렸다. 중간에 말을 갈아탈 때와 밤에 객잔에서 눈을 붙일 때를 제외하고는 조금도 지체하지 않았다.

그들은 이강과 무명을 사이에 두고 앞뒤에서 말을 달렸다. 또한 밤에 객잔에서 묵을 때도 불침번을 두어 둘을 감시했다.

중요한 인물을 호위하는 것도 아닌, 그렇다고 죄인을 호송하는 것도 아닌 동행.

만약 어떤 이가 보았다면 괴이하다고 고개를 갸웃거릴 광경이었다.

하남까지 가는 데는 꼬박 삼 일이 걸렸다.

하남에 들어서자 말을 달리는 속도가 빨라졌다. 하남의 날씨가 햇볕이 잘 내리쬐고 공기가 좋았기 때문이다.

그로부터 삼 일 뒤, 그들은 낙양에 도착했다.

태안에서 낙양까지 오는 데 도합 육 일이 걸린 셈이었다.

낙양은 서안, 개봉과 함께 중원의 삼대고도(三大古都)로 꼽히는 곳이다. 또한 중원 경제와 문화의 중심지이며, 송나라 때의 왕궁과 삼국시대 촉나라의 명장인 관우의 머리가 묻혀 있다는 무덤 등 명승고적이 즐비한 대도시였다.

그리고 낙양 옆에 있는 숭산(崇山)의 중턱.

그곳에 무림의 태산북두라 일컬어지는 소림사가 있었다.

창천칠조, 이강, 무명은 기묘한 동행 끝에 소림사에 도착했다.

소림사는 숭산의 소실봉(少室峯) 중턱에 있었다. 길이 가팔랐기 때문에 그들은 말에서 내린 다음 걸어서 산을 올라갔다.

소림사의 산문 앞에 도착하자, 지객승이 그들을 맞았다.

문제는 지객승이 배분이 한참 낮고 어린 동자승(童子僧)이라는 것이었다.

동자승은 어리둥절한 눈으로 방문객을 쳐다봤다. 그도 그럴 것이, 일곱 명의 복장이 제각각 달랐기 때문이다.

다섯 남녀, 흑의인, 청의를 걸친 서생으로 구성된 방문객.

무심코 그들을 훑어보던 동자승은 흑의인의 두 눈이 통째로 사라졌다는 것을 깨닫고 기절초풍했다.

막 눈을 까뒤집으며 기절하는 동자승을 다행히 창천칠조 조장이 붙들었다.

그가 인중을 점혈하자, 동자승은 정신을 차렸다.

"우리는 창천칠조요. 방장님께서 찾으신 자들을 데리고 왔소."

"그, 그러셨군요. 지객당으로 가지 말고 바로 방장실로 가시면 됩니다……."

동자승은 간신히 자기 임무를 다했다.

창천칠조, 이강, 무명은 동자승을 뒤로하고 위로 난 길을 따라 올라갔다.

그들의 뒷모습을 멍하니 바라보던 동자승은 결국 제자리에 주저앉더니 잠이 드는 것처럼 스르르 졸도하고 말았다.

산문을 지나쳤지만 방장실까지 가는 데는 한참 더 길을 올라야 했다.

잠시 후, 그들은 방장실에 도착했다.

길이가 일 장이 넘는 장봉을 쥔 호위승이 방장실을 지키고 있었다.

조장이 말했다.

"창천대 칠조가 지금 막 도착했소."

호위승은 창천칠조와 이미 안면이 있는지 고개를 끄덕이며 옆으로 한 발 비켜섰다.

창천칠조, 이강, 무명은 방장실 안으로 들어갔다.

그런데 이강이 호위승 옆을 지나칠 때였다. 호위승이 이강의 얼굴을 빤히 쳐다보더니 깜짝 놀라며 말했다.

"네놈, 혹시 강호 사대악인 중 하나라는 흑도 놈이냐?"

호위승은 소림사의 무승(武僧)답지 않게 목소리를 떨고 있었다.

이강이 피식 웃으며 대답했다.

"그래. 내가 이강이다."

"너 같은 버러지를 살리려고 사형께서……."

"우습군."

"우습다고? 뭐가?"

"벌레 하나의 목숨도 중히 여기는 게 네놈 같은 불가(佛家) 아니냐? 지금 네놈의 말은 사형을 욕되게 하는 거다."

"이놈……."

호위승이 꼬나쥐고 있는 장봉이 부르르 진동했다. 목소리가 덜덜 떨렸던 것은 분노를 참기 위해서였던 것이다.

소림사 십팔나한(十八羅漢)과 강호 사대악인의 한판 대결이 벌어질 일촉즉발의 상황.

그러나 호위승은 분노를 억눌렀다.

"아미타불……."

그는 천천히 세 걸음을 물러났다. 그리고 더는 이강을 쳐다보지도, 말을 걸지도 않았다.

"후후후."

이강은 작게 웃음을 흘리며 방장실로 들어갔다.

무명은 그의 웃음이 평소와 다르다는 것을 눈치챘다. 자신만만한 미소가 아닌, 어딘가 회의감이 짙게 배어 있는 웃음소리였다.

무명과 청수한 여자, 웃는 눈의 남자를 끝으로 일곱 명이 모두 방장실로 들어갔다.

방장실에는 탁자를 중앙에 두고 두 명의 인물이 자리하고 있었다.

한 명은 소림사 방장임을 쉽게 알아볼 수 있었다. 그러나 다른 한 명은 촘촘한 은빛 망사가 처진 모자를 쓰고 있어서 이목구비가 밖으로 드러나지 않았다.

창천칠조가 일제히 허리를 숙였다.

조장이 말했다.

"창천칠조, 명령을 수행하고 지금 돌아왔습니다."

"수고하셨습니다."

소림 방장이 자리에서 일어났다. 그리고 이강과 무명을 향해 몸을 돌리며 반장을 했다.

"어서 오시지요. 소림의 무혜입니다."

부드러운 목소리 속에 엄청난 기운이 실려 있었다. 또한 그는 만면에 미소를 띠고 있었는데, 이상하게도 저절로 고개가 숙여질 만큼 위엄이 서려 있는 것이었다. 강호인이 아니라도 눈앞의 인물이 무림의 명숙임은 알아차릴 것이다.

소림사의 위명은 과거만 못했다. 그럼에도 불구하고 강호인은 소림사를 쉽게 여길 수 없었으니, 바로 눈앞의 인물, 홍면관음(紅面觀音) 무혜 대사 때문이었다.

반면 망사모를 쓴 남자는 얼굴을 전혀 알아볼 수 없었다. 또한 전신에 백의(白衣)를 걸쳐서 청수한 느낌을 줄 뿐, 소림 방장처럼 무림의 명숙 같은 위엄은 찾기 힘들었다.

그때였다.

갑자기 이강이 킬킬거리면서 실소하기 시작했다.

"그것참, 상전벽해가 따로 없군."

이강이 무림맹의 명숙들 앞에서 무례를 범하자, 창천칠조가 매서운 눈으로 그를 쳐다봤다.

하지만 소림 방장 무혜는 여전히 입가에 미소를 머금은 채로 물었다.

"무엇이 그리 재미있으신지요?"

"중원 천하를 호령하던 무림맹이 이제 고작 둘밖에 안 남아서 종이호랑이가 되었으니, 이 어찌 재미있지 않을까? 후후후."

옆에서 그의 말을 듣던 창천칠조는 아연실색했다.

이강의 말의 내용도 무례할뿐더러, 소림 방장에게 하대를 하고 있으니, 창천칠조는 너무 황당한 나머지 화도 못 낼 지경이었던 것이다.

무혜가 말없이 지그시 이강을 바라봤다.

둘은 잠시 그렇게 서로 눈빛만 교환했다. 마치 두 명의 고승(高僧)이 선문답을 나누는 듯한 모습. 창천칠조는 더욱 불안하여 좌불안석의 심정이 되었다.

먼저 입을 연 것은 이강이었다.

"무림맹이 나를 찾은 이유가 뭐지?"

그의 목소리에서 어느새 웃음기가 사라져 있었다.

"시주의 도움이 필요합니다."

"도움? 하! 날 잡아다가 흑랑성의 비밀을 캐내려 할 때는 언제고, 이제 와서 거꾸로 내 도움이 필요하다고?"

그 말에 창천칠조는 깜짝 놀란 얼굴로 이강과 무혜를 번갈아 봤다.

흑랑성. 되살아난 시체가 처음으로 발견되었다는 곳.

흑랑성은 무림맹에 의해 멸문당한 지 오래였다. 그런데 이강이 흑랑성의 비밀을 운운했으니, 이강과 흑랑성 사이에 무슨 연관이 있으리라 생각되었던 것이다.

단지 무명만이 놀라지 않고 이강을 응시했다.

그는 익히 알고 있었다. 이강이 흑랑성을 누구보다 잘 알면서, 동시에 끔찍이 저주하고 있다는 사실을.

무혜가 반장을 하며 말했다.

"아미타불. 과거 일은 사죄드리겠습니다. 다만 그때나 지금이나 시주의 능력이 무림맹에 꼭 필요한 것은 사실입니다."

"무림맹이 망하든 말든 나와는 아무 상관없는 일이지."

"그렇겠지요, 하지만."

무혜가 잠깐 말을 멈추더니 입을 열었다.

"시주는 소림에 진 빚이 있지 않습니까?"

그의 목소리는 귀를 기울이지 않으면 들리지 않을 만큼 나직했다. 그런데 이상하게도 귓가 바로 옆에 대고 말하는 것처럼 또렷하게 들리는 것이었다.

"…할 말 없군."

"세상 모든 것은 연(緣)이 있는 법이지요."

"이번 일이 끝나면 소림과의 빚은 없는 걸로 알아라."

"잘 알겠습니다."

그것으로 무혜와 이강의 대화는 끝이 났다.

창천칠조와 무명은 이강이 소림사와 과거에 연이 있었다는 것을 짐작했다. 하지만 그게 어떤 사정인지는 도무지 알 수 없었다.

무혜가 옆으로 고개를 돌리며 물었다.

"그런데 이 시주는 누구신지요?"

조장이 대답했다.

"이강을 찾는 중에 이자를 만났는데, 무림패를 소지하고 있어서 함께 왔습니다."

"무림패?"

무혜의 얼굴이 살짝 굳어졌다.

조장이 무명을 보며 고갯짓을 했다. 무명은 고개를 끄덕이고는 혁낭을 열어 무림패를 꺼냈다. 그리고 앞으로 나가 무혜에게 건넸다.

무혜는 손에 있는 무림패를 잠시 내려다보더니 입을 열었다.

"무림맹이 만든 무림패는 모두 다섯 개입니다. 세 개는 흑랑성에 들어간 무림삼성이 하나씩 갖고 있었고, 하나는 지금 무림맹의 특명을 받은 자가 소지하고 있습니다."

당대 명문정파 최고 고수인 무림삼성이 흑랑성에 들어간 뒤 실종된 사건은 강호에서 모르는 이가 없었다. 그들의 생사가 묘연했으니, 무림패의 행방 또한 알 수 없었다.

그런데 이어지는 무혜의 말이 뜻밖이었다.

"그리고 나머지 하나는 분실했지요."

그 말에 방 안에 있는 모든 사람이 깜짝 놀랐다.

"어떤 사정으로 분실되었는지는 아무도 모릅니다. 그 잃어버린 무림패가 바로 이것이라고 짐작되는군요."

그때 망사모를 쓴 남자가 처음으로 입을 열었다.

"무림패가 왜 당신 손에 있소?"

무명에게 묻는 말이었다. 하지만 무명은 대답할 수가 없었다.

"나도 모르오."

"당사자가 모른다고 하는 말을 믿으라고?"

이강이 킬킬대면서 끼어들었다.

"정말 모르는 게 맞다. 왜냐면 저놈은 자기 과거에 대한 기억이 하나도 없거든."

"기억이 없다고? 주화입마에 든 건가?"

"그건 아닌 것 같은데, 정확한 이유는 나도 모른다."

망사모 남자가 물끄러미 무명을 쳐다볼 때였다. 창천칠조 중 청수한 여자가 앞으로 나서면서 말했다.

"믿지 마십시오! 저 서생 놈과 악인이 짜고 거짓을 고하는 게 분명합니다!"

조장이 다급한 목소리로 그녀를 막았다.

"정영! 말을 조심해라."

"하지만 서생 놈이, 아⋯⋯."

그녀는 입을 딱 벌린 채 망사모 남자와 조장을 번갈아 봤다. 그러다가 바닥에 한쪽 무릎을 꿇고 부복했다.

"제자가 무례를 저질렀습니다!"

"됐으니 일어나라."

망사모 남자가 무감정한 목소리로 말했다. 그리고 무명을 돌아봤다.

"급히 모은 아이들이라 버릇이 없소. 양해하시오."

"괜찮소."

"본인은 제갈세가의 제갈성(諸葛誠)이라 하오. 강호에서는 옥면서생이라는 별호로 불리고 있소."

그제야 무명은 사정을 깨달았다. 제갈성의 별호인 옥면서생(玉面書生). 그런데 그 앞에서 '서생 놈' 운운했으니, 창천칠조 여자가 얼굴빛이 하얗게 변한 것도 당연했다.

그런데 제갈성이 이상한 말을 했다.

"기억이 없다는 말은 믿겠소. 이강이 그렇게 말했으니."

무명은 문득 어떤 사실을 깨달았다. 이강이 말했으니 믿는다? 그 말은 이강이 무명의 머릿속을 읽은 것을 알고 있다는 뜻이 아닌가? 그렇다면⋯⋯.

무명은 생각했다.

'무림맹은 이강이 타인의 기억을 읽는다는 것을 알고 있다.'

어쩌면 그것 때문에 강호 사대악인이라는 자를 무림맹에서 필요로 하는 것일지도 몰랐다.

제갈성이 말을 계속했다.

"그럼 소림사까지 온 이유가 무엇이오? 무림패가 어떻게 수중에 들어왔는지 알게 되면 기억을 되찾을지도 몰라서인가?"

그의 말은 정곡을 찌르는 것이었다.

제갈세가는 촉나라의 승상이었던 제갈량의 후손이다. 제갈세가는 대대로 지략이 뛰어난 것은 물론, 기관진식 등의 지식에 정통한 것으로 유명했다.

옥면서생 제갈성은 명성대로 지모를 겸비한 인물이었다. 때문에 창천칠조가 전혀 짐작 못 하던 무명의 사정을 그는 단 한 번 마주하고서 알아냈던 것이다.

무명은 제갈성의 말을 듣고 결심했다.

'두 무림 명숙에게 모든 것을 털어놓자.'

사대악인 이강에게 생각을 읽히거나, 실력은 있지만 판단력은 미숙한 창천칠조에게 향후 행방을 결정당하는 것보다는 백번 나은 결정이리라.

게다가 제갈성의 지모로 볼 때, 거짓으로 말을 지어내 봤자 헛수고임은 불 보듯 뻔했다.

무명은 두 명숙에게 정식으로 인사를 했다.

"본인은 무명이라고 합니다."

'[무명'이 이제 이름처럼 되어버린 게 기분 나빴다. 하지만 달리 소개할 말이 없었다.

계속해서 무명은 지금까지 있었던 일을 설명했다.

자신이 기억을 잃은 채 지하 감옥에서 눈을 뜬 것, 이강을 만난 것, 지하 감옥을 탈출하자 바로 위가 황궁이었던 것, 가짜 환관 신분으로 황궁에 잠행하고 있던 것, 그리고 황가전장에 맡긴 짐에서 무림패가 나왔던 것까지.

무혜와 제갈성은 눈을 지그시 뜨고 무명의 얘기를 들었다.

반면 창천칠조는 입을 딱 벌리거나 눈썹을 찌푸리는 등 놀라움을 금치 못했다. 특히 황궁 밑에 망자 소굴이 있다는 얘기를 듣자, 믿을 수 없다는 눈빛으로 서로의 얼굴을 쳐다봤다.

밥 한 끼 먹을 시간이 지나서야 얘기는 끝이 났다.

제갈성이 무혜와 시선을 주고받은 뒤 말했다.

"두 분과 할 얘기가 있으니 너희들은 나가 있어라."

"하지만 이 두 자는……."

조장이 의아하다는 듯 묻자, 제갈성이 일침을 놨다.

"언제부터 창천칠조가 명령에 토를 달았느냐?"

"알겠습니다."

창천칠조는 심사가 복잡한 얼굴을 한 채 방장실을 나갔다.

그들이 나가자 제갈성이 무명과 이강에게 말했다.

"이번 일은 단지 무림맹을 위한 게 아니라 중원 천하를 위한 것이오."

이강이 비웃으며 말했다.

"명문정파 놈들이 매번 하는 말이군."

"얘기를 듣고 나면 생각이 달라질 거요."

제갈성이 차갑게 일갈했다.

"지금 무림맹이 하려는 일은 망자 멸절 계획이오."

중원 천하를 위한 일, 망자 멸절 계획(亡者滅絶計畫).

멸절. 멸하고 없앤다는 뜻이다. 즉 무림맹은 중원에서 망자
를 하나도 남김없이 제거하겠다는 의지를 밝힌 것이다.

무명은 침을 꿀꺽 삼켰다. 이강조차 얼굴에서 웃음기를 지
운 채 침음했다.

제갈성이 차가운 목소리로 물었다.

"어떻소? 이래도 무림맹이 세를 떨치기 위해 흉계를 꾸미는
것 같소?"

"그거야 두고 보면 알겠지."

무혜가 탁자를 가리키며 말했다.

"일단 두 분, 자리에 앉으시지요."

당금 무림맹의 수좌가 함께 앉기를 권유했으니, 무명과 이
강을 강호의 무명소졸(無名小卒)로 대접하지 않겠다는 뜻이었
다.

무명은 탁자 앞에 놓인 의자에 앉았다. 그는 두 무림 명숙
과 마주하자 조금 어색했다. 반면 이강은 자기 집 안방처럼 털
썩 의자에 주저앉았다.

무혜가 다기(茶器)를 탁자에 놓더니 찻잔 네 개에 차를 따랐다.

쫄쫄쫄쫄.

녹색 빛이 은은한 찻물이 찻잔에 가득 담겼다.

"서호의 용정(龍井)입니다. 드시지요."

무혜가 찻잔을 하나씩 들어 건넸다. 손님인 이강, 무명, 마지막으로 제갈성 차례였다.

이강이 가장 먼저 찻잔을 들더니 냉큼 한 모금에 마셔 버렸다.

그런데 찻물을 삼키는 그의 표정이 어딘가 이상했다.

"좋은 차군, 후후후."

무명도 찻잔에 손을 가져갔다.

그때였다.

무명이 손으로 감싸 쥐는 순간, 찻잔이 요란하게 진동하는 것이었다.

부르르르르!

마치 굉음을 울리며 진동하는 범종 같은 모습.

무명은 흠칫하며 찻잔을 놓치고 말았다. 그 바람에 차 몇 방울이 탁자 위로 흘러넘쳤다.

"빈승이 실수했군요. 용서하시지요, 아미타불."

무혜가 반장을 하자, 무명도 엉겁결에 고개를 숙였다.

네 명은 잠시 아무 말 없이 조용히 차를 마셨다.

그 와중에 무혜와 제갈성이 슬쩍 시선을 교환했다. 무명이 눈치채지 못하는 사이, 둘의 전음이 비밀처럼 오고 갔다.

[정말 무공을 모르는 백면서생으로 보이는군요. 괜찮을까요?]

[오히려 이번 일에 적격이지요.]

실은 무혜는 차를 대접한다는 이유로 무명의 내공 수위를 시험했던 것이었다.

무혜는 찻잔에 일부러 내공 진기를 불어 넣었다. 내공이 심후한 이강은 아무 일 없다는 듯이 찻잔을 들었다. 하지만 무명은 찻잔의 진동을 제어하지 못하고 찻물을 흘리고 말았다.

만약 내공이 조금만 있었더라도 찻잔이 이상하다는 것을 눈치챘을 것이다.

내공 심법을 전혀 수련하지 않은 자.

즉 강호의 어떤 문파에도 속하지 않는다는 증거였다.

[문파나 소속이 없기 때문입니까?]

[그렇습니다. 괜한 공을 세우려다가 일을 그르칠 염려는 없을 것입니다.]

둘의 생각을 아는지 모르는지, 무명은 차의 마지막 한 방울까지 맛있게 삼키고 있었다.

차를 다 마셨을 때, 제갈성이 이강에게 물었다.

"황궁 밑에 망자 소굴이 있다는 게 사실이오?"

"그렇다. 예전 흑랑성보다 규모는 작겠지만, 전체가 미로처럼 얽혀 있어서 복잡함은 더하면 더했지 덜하지는 않을 거다."

"황궁은 천자가 사는 곳이오. 그게 뜻하는 게 무엇인지 알겠소?"

"알 것 같군."

"뭐라고 생각하시오?"

"황족 중에 망자가 있다는 소리겠지."

이강의 대답에 무명은 깜짝 놀랐다.

다시 생각해 보자, 이강의 말은 일리가 있었다. 황궁을 자주 드나드는 자 중에 망자가 없다면 굳이 망자 소굴이 황궁 아래에 있을 이유가 없지 않은가?

이강이 피식 웃으며 말을 이었다.

"이치를 따져보면 간단한 얘기다. 황궁을 지은 뒤 지하에 다시 그런 굴을 파는 것은 불가능하지. 즉 황궁을 짓기 전에 이미 망자 소굴을 설계했다는 얘기가 된다."

"그렇소. 황족이나 고관대작 중에 망자의 우두머리가 있소."

제갈성이 대답했다.

그런데 이어지는 그의 말에 무명은 재차 놀라고 말았다.

"어쩌면 황제일지도 모르오."

"크하하하! 구족이 멸족될 말을 쉽게도 하는구나!"

이강이 광소를 터뜨렸다.

반면 무명의 표정은 무거웠다. 천하의 주인인 자가 망자일지 모른다니, 대체 망자가 어디까지 퍼져 있다는 말인가?

이강이 웃음을 멈추더니 무슨 생각을 했는지 물었다.

"무림맹 회의에 둘만 있는 것도 그 때문이냐?"

"그렇소."

제갈성이 차가운 표정으로 고개를 끄덕였다.

이강이 자초지종을 모르는 무명에게 설명했다.

"무림맹 회의는 적어도 구대문파와 오대세가에서 다섯 명이상의 원로가 모여야 열리는 것으로 알고 있다. 그런데 지금은 소림 맹초와 제갈세가 헛똑똑이 둘밖에 없지. 왜냐고? 다른 문파와 세가는 대부분 관과 연줄을 만들고 있거든."

이강이 눈앞의 두 명숙을 희롱하는 말을 했지만, 그들은 개의치 않는 듯했다.

무명이 물었다.

"다른 문파와 세가가 망자와 손을 잡았을지 몰라서 부르지 않은 것이라고?"

"그래. 아니면 이미 놈들 중에 망자로 변한 자가 있을지도 모르지, 후후후."

"……."

이강의 말은 충격적인 것이었다.

강호인으로서의 기억이 없는 무명도 무림맹의 위명은 알고 있었다.

한데 그런 무림맹조차 내부에 배신자가 있을까 봐 두려워하고 있다니?

망자의 힘이 강호 곳곳에 거미줄처럼 뻗어 있다는 증거가
아니고 무엇인가!

무명은 문득 짚이는 게 있었다.

"혹시 창천칠조를 자리에 동석시키지 않은 것도 그 때문이
오?"

"생각이 빠르시군. 맞소."

제갈성이 망사모 밑으로 희미하게 쓴웃음을 지으며 말했
다.

"이번 일은 아는 사람이 적으면 적을수록 좋소. 그리고."

"그리고?"

"지금 명문정파의 누구도 믿을 수 없소. 누가 망자일지 모
르기 때문이오."

이강이 킬킬 웃으며 중얼거렸다.

"지들 제자도 못 믿는 세상이 왔군. 명문정파 놈들이 어련
하실까, 크크크."

제갈성은 이강이 웃든 말든 말을 계속했다.

"가장 큰 문제는 망자를 보통 사람과 구분할 방법이 없다
는 것이오."

"뭐라고? 놈들 구분 방법이 아예 없지는 않을 텐데?"

이강이 고개를 갸웃거리며 말했다.

"며칠에 한 번 핏물 목욕을 하지 않으면 말라 죽는다든지,

또는 표정에 희로애락이 없다든지 하는 것들 말이다."

하지만 제갈성은 고개를 가로로 저었다.

"아니오. 망자가 여러 종류인 건 당신도 알지 않소?"

"알고 있다."

"우리에겐 나쁜 얘기지만, 망자는 과거 자신들을 속박했던 문제점을 해결했소. 그게 아니라면 흑랑성이 무너지는 그날 망자는 몽땅 죽었어야 했소. 하지만 실상은 아니지 않소?"

"흐음, 그렇겠군."

이강은 쓴웃음을 지으며 제갈성의 말을 수긍했다.

무명도 무심코 고개를 끄덕였다.

제갈성의 말이 옳았다.

망자가 황궁과 명문정파에 침투했다면, 겉으로 봐서는 그들을 보통 사람과 구분할 방법이 없으리라.

지하 감옥에서 본 미이라 같은 망자는 특이한 경우에 해당할 것이다.

그때 얘기를 듣기만 하던 무혜가 입을 열었다.

"때문에 무명 시주의 역할이 중요합니다."

"황궁의 누가 망자인지 알아내는 것 말입니까?"

무명이 물었다. 그러나 무혜는 살짝 고개를 젓더니 말했다.

"그보다 더 시급한 게 있습니다. 황궁에 있다는 망자비서입니다."

"망자비서(亡者祕書)?"

"그렇습니다."

이강이 고개를 갸웃거리며 물었다.

"이미 말코 도사한테 흑랑비서를 받았을 텐데?"

"네, 잘 전해 받았습니다. 하지만 흑랑비서(黑狼祕書)는 망자비서의 전편에 해당한다는군요. 정말 중요한 내용은 후편인 망자비서에 수록되어 있답니다."

"목숨을 걸고 구해 왔더니 반쪽이란 소리냐?"

"그렇습니다."

무혜는 고개를 끄덕이더니 무명을 보며 말을 이었다.

순간 무명은 왜 자신의 역할이 중요하다고 했는지 깨달았다.

"망자비서는 황궁 어딘가에 있다고 합니다."

"황궁에 망자비서가 있다고?"

이강이 피식 웃으며 말했다.

"왜 서생 놈에게 중요한 얘기를 하는가 싶었더니, 그래서였군. 가짜 환관 신분으로 황궁에 잠행 중인 자가 소림사에 제 발로 왔다고? 호박이 넝쿨째 굴러온 셈이 아니냐?"

무명은 그의 말을 무시하며 무혜에게 물었다.

"망자비서가 그렇게 중요하다면서 왜 이제야 저에게 그 일을 맡기는 것입니까?"

"이미 무림맹은 황궁에 몇 번씩 세작을 침입시켰습니다. 하지만."

이강이 무혜의 대답을 가로채며 말했다.

"몽땅 실패했군. 놈들은 필시 지하 감옥에서 망자가 되어 구천을 떠돌고 있을 거다."

"안타깝지만 그렇습니다. 아미타불."

무혜가 반장을 했다.

이강이 킬킬대며 말을 이었다.

"게다가 망자비서가 황궁에 있다는 게 들통났으니, 중원에서 내로라하는 잠행의 귀신들이 황궁에 몰려들겠구나?"

"맞습니다. 그래서 무명 시주의 역할이 더욱 중요합니다."

"다른 곳보다 먼저 망자비서를 손에 넣어야 된다는 말입니까? 행여 망자한테 빼앗기기 전에?"

"바로 그렇습니다."

"……"

무명은 선뜻 대답하지 못하고 침음했다.

망자의 비밀이 담긴 망자비서가 황궁 어딘가에 숨겨져 있다.

그리고 수많은 강호 인물들이 망자비서를 손에 넣기 위해 황궁에 잠행을 시도하고 있다.

그렇다면 자신 역시 그들 중 하나가 아닐까?

무명은 자신의 과거가 망자비서와 얽혀 있을지도 모른다는 예감이 들었다.

제갈성이 말했다.

"흑랑비서는 제갈세가에서 연구 중이오. 하지만 군데군데 빠진 부분이 많아서 망자비서가 있어야 완벽하게 분석이 가능하오."

이강이 물었다.

"좋다. 근데 한 가지만 묻자."

"무엇이오?"

"뭘 믿고 나랑 이 서생 놈한테 일을 맡기는 거냐? 제자도 못 믿는 판에?"

제갈성은 바로 대답하지 못하고 무혜를 돌아봤다. 무혜가 대답했다.

"강호의 정리 때문입니다."

"강호의 정리? 하! 그딴 거 땅에 떨어진 지 오래라는 것도 모르냐?"

"그럼 강호의 정리는 무명 시주에게만 부탁드리는 것으로 하겠습니다. 이강 시주는 소림과의 빚으로 부탁드리지요."

"쳇. 그거 하나로 코를 꿰는군."

이강은 못마땅하다는 듯 팔짱을 꼈다.

그러나 곧 고개를 끄덕이며 말했다.

"좋다. 수락하지. 강호가 망하면 악인도 할 게 없어질 테니까, 후후후."

이강이 제의를 받아들이자 남은 것은 무명 하나였다.

무혜, 제갈성, 이강의 시선이 무명에게 모였다.

무명은 침음하며 생각했다.

망자 멸절 계획에 함께하길 바라는 소림 방장의 이유, 강호의 정리. 그는 무심결에 작게 중얼거렸다.

"강호의 정리……"

이강의 말대로 강호의 정리는 땅에 떨어진 지 오래였다.

강호의 정리를 내세운 무혜의 말은 시대착오적인 것이었다.

하지만 무명은 결심했다.

강호의 정리, 즉 인간으로서의 도리를 따르다 보면 잃어버린 자신의 기억을 되찾을 날이 올 것이다.

또한 그때 어떤 결과가 나오더라도 적어도 후회할 일은 없으리라.

무명이 말했다.

"망자 멸절 계획에 참가하겠습니다."

"아미타불."

소림 방장은 더는 아무 말 없이 반장을 했다.

그 엄숙한 모습에 이강도 삐딱하니 미소 지을 뿐 소리 내어 웃지 못했다.

제갈성이 말했다.

"그럼 자리를 옮겨서 창천칠조를 소개해 주겠소."

제갈성, 이강, 무명은 자리에서 일어섰다.

그때였다.

"무명 시주, 이걸 잊으셨습니다."

무명은 고개를 돌리다가 멈칫했다.

무혜가 그에게 건네고 있는 것은 다름 아닌 무림패였다.

"그건 제 것이 아닙니다. 어떻게 얻었는지 기억을 못 한다고 하지 않았습니까?"

무혜가 고개를 저었다.

"이건 지금부터 무명 시주의 것입니다."

"그 말씀은……."

"무림맹이 시주에게 무림패를 내어드린다는 얘기입니다."

무명은 할 말을 잃고 멍하니 무혜를 바라봤다.

웬만한 일에는 코웃음 한번 치지 않는 이강도 이번만큼은 놀란 눈치였다.

'기린이 새겨진 순금 명패를 가진 자는 적으로 만들지 마라'는 소문마저 도는 무림패.

그 무림맹의 신물이 이제 무명의 손에 들어온 것이었다.

무명은 침을 꿀꺽 삼킨 뒤 무림패를 건네받았다.

"부디 망자비서를 찾아주시길 바랍니다."

"네……."

무명은 무림패를 품에 넣었다.

옷의 무게가 강하게 어깨를 짓눌렀다.

무명, 이강, 제갈성은 방장실을 나왔다.

그런데 이강이 킬킬거리며 이렇게 말하는 것이었다.

"서생 놈⋯⋯. 운명 한번 널을 뛰는구나."

"무슨 뜻이오?"

이강이 무명의 품을 가리켰다.

"그걸 받은 놈들은 죄다 삼 년을 버티지 못하고 죽었다. 무림맹의 신물? 맞는 말이긴 하군. 무림맹이 네놈에게 죽음을 약속한 거나 다름없으니 말이다, 후후후."

제갈성이 무명, 이강과 함께 간 곳은 소림사의 방문객이 묵는 지객당(知客堂)이었다.

그곳에서 창천칠조가 굳은 표정을 한 채 기다리고 있었다.

명문정파의 후기지수들로 구성된 창천칠조.

그런데 무림맹의 두 명숙이 자신들은 빼놓은 채 강호 사대악인과 신분도 불분명한 서생과 얘기했으니, 그들의 기분이 썩 좋지 않은 것도 당연했다.

하지만 제갈성은 창천칠조의 기분은 신경 쓰지 않고 말했다.

"무림맹의 이름으로 창천칠조에게 명한다."

"존명(尊命)!"

창천칠조 전원이 한쪽 무릎을 꿇으며 부복했다.

"창천칠조는 이강과 무명, 두 사람이 무림맹의 일을 수행하는 데 어려움이 없도록 도와라. 두 사람이 명문정파의 인물을 살해하거나 너희들의 목숨을 위협하지 않는 이상, 이 명령은 어떤 것에도 우선한다. 알겠느냐?"

"알겠습니다!"

창천칠조가 복창했다.

그런데 앞에 외친 말은 우렁찼으나, 뒤의 말은 어딘가 목소리에 힘이 빠져 있었다.

"그럼 두 사람을 소개하겠다. 먼저 이강."

제갈성이 소개하려 하자, 이강이 손을 들어 막았다.

"초면도 아닌데 무슨 놈의 소개냐? 그냥 내가 하지. 강호제일악인을 꿈꾸는 이강이다. 무림맹 일은 소림 땡초한테 빚진 게 있어서 할 수 없이 맡았다. 끝."

이강은 간단하게 소개를 마쳤다.

그러다가 무언가 생각났는지 한마디 덧붙였다.

"참, 혹시라도 내게 원한을 만들지 마라. 나는 세상 끝까지 따라가서라도 빚을 갚아야 성미가 풀리니까."

이강의 목소리는 제법 진지했으나, 창천칠조는 비웃는 얼굴이었다.

반면 무명은 어떤 생각이 떠올랐다.

소림에게는 은혜를 빚져서 갚고, 자신에게 해를 끼친 자에게는 원한을 빚져서 갚는다고?

즉 이강이 말하는 빚이란 '은원(恩怨)을 갚는다'는 뜻일 것이다.

무명도 자신을 소개했다.

"무명이오. 나를 서생으로 부르는 건 상관없지만, 서생인지 아닌지는 본인도 모르오."

"기억을 잃어서 이름이 없으니 무명(無名)이다. 외우기 쉽지?"

이강이 끼어들었다.

무명은 그를 무시하며 말했다.

"내가 맡은 일은 황궁에 잠행하는 것이오."

조용히 있던 창천칠조가 서로를 보며 수군거렸다.

조장이 물었다.

"황궁 잠행? 어떻게?"

"현재 내 신분은 환관이오. 환관으로 황궁을 잠행하면서 무림맹의 임무를 맡을 것이오."

무명은 크게 신경 쓰지 않고 말했다.

그런데 창천칠조는 제각각 다른 반응을 보이며 소란을 피웠다.

"환관이라, 흐음. 뭐, 직업에 귀천은 없는 법이지."

"그러니까 우리가 환관의 명령을 들어야 된다는 말인가?"

"할 수 없죠. 무림맹의 명이 아닙니까? 환관이 아니라 망나니의 명령이라도 받들어야죠."

세 남자가 한마디씩 불만을 토했다.

그나마 남자들의 얘기는 들어줄 만했다.

하지만 막 방년이 된 듯한 두 여자의 얘기는 듣는 이의 얼굴이 붉어지도록 만들었다.

"환관? 그게 뭐야? 높으신 관리님이야?"

"모르면 가만히 있어. 환관은 남자가 아닌 사람을 뜻하는 거야."

"남자가 아닌데 사람이라고? 그럼 여자야?"

"여자는 아냐!"

"그럼 뭔데?"

"그게… 황궁에 들어가기 위해 거세를 한 남자를 환관이라고 불러."

청수한 여자가 말을 더듬으며 대답했다.

그러나 연분홍 옷의 여자는 여전히 고개를 갸웃거리며 물었다.

"거세? 그게 뭔데?"

"……."

청수한 여자는 얼굴을 붉히며 말을 잇지 못했다.

창천칠조 다섯 명이 무명을 쏘아봤다.

직위는 높을지 모르나 사람으로 취급받지 못하는 환관.

명문정파의 후기지수인 그들이 환관의 명을 기분 좋게 받아들일 리 없었다.

무명은 아차 싶어서 오해를 풀려고 했다.

그때 이강이 전음을 보냈다.

[쉿. 그 입 닫아라.]

[뭐요? 왜?]

[네 비밀을 모두 말하지 마라. 무림맹의 일을 맡은 이상 더더욱.]

이강의 말투가 보기 드물게 진지했다.

단순히 명문정파를 적대시하는 흑도인이라서가 아니라, 무슨 사정이 있는 눈치였다.

[알았소.]

무명이 대답했다.

그런데 이강은 마지막에 꼭 농담을 섞어서 사람을 희롱하는 것이었다.

[물론 네 양물이 멀쩡히 붙어 있다는 게 중대 비밀은 아니겠지만, 후후후.]

[…….]

제갈성이 말했다.

"사대악인이든 환관이든 지금 두 사람의 신분은 상관없다. 너희들은 맡은 임무를 완수하면 그만이다."

"알겠습니다."

대답은 그렇게 했지만 창천칠조의 얼굴에는 불만 어린 기색이 사라지지 않았다.

"그럼 창천칠조를 소개하겠소."

제갈성이 무명, 이강에게 창천칠조에 대한 설명을 시작했다.

"몇 년 전, 무림맹은 구륜사 결전을 위해 창천대(蒼天隊)를 만들었소. 모두 오(五) 개 조로, 명문정파의 고수들로 구성되었지."

그의 얘기는 다음과 같았다.

구륜사 결전에서 대활약한 창천대는 다음 해 흑랑성을 멸문하기 위해 파견되었다.

하지만 한 조에 십이 명씩, 모두 육십 명의 고수가 단 한 명도 살아서 돌아오지 못했던 것이다.

그뿐 아니라 명문정파의 최고고수인 무림삼성(武林三星)도 흑랑성에 들어간 뒤 소식이 끊긴 채 실종되었다.

"그게 지난해의 일이오. 무림맹은 급히 창천육조를 결성해서 흑랑성에 파견했소. 하지만."

이강이 끼어들었다.

"뭘 더 설명해? 창천육조도 죄다 망자가 됐을 게 뻔한데."

"……"

제갈성은 이강을 노려보거나 하진 않은 채 잠시 침음했다.

그리고 새로 구성된 창천칠조가 눈앞의 젊은 남녀들인 것이었다.

"창천칠조는 모두 일곱 명이오. 둘은 소림 방장님의 특명을 받고 은밀히 강호에 잠행 중이오. 곧 그들과도 연락이 닿게 될 것이오."

지금 지객당의 남녀들은 다섯이니, 아직 무명이 모르는 두 명이 더 있는 셈이었다.

그것으로 무림맹의 창천대에 대한 설명이 끝났다.

"그럼 한 명씩 자기소개를 해라."

제갈성의 말에, 창천칠조는 서로를 멀뚱히 쳐다봤다.

가장 먼저 입을 연 자는 창천칠조의 조장이었다.

"장청(張靑)이라 하오. 숭산파의 이대제자로, 창천칠조의 조장을 맡고 있소."

더 설명할 것이 없다는 투의 간단한 소개였다.

무명은 문득 의문이 생겼다.

그런데 장청이 씨익 웃더니 말을 이었다.

"소림사가 있는 이곳 숭산이 아니라 다른 데 있는 숭산이오. 헷갈리지 마시오."

"......"

장청은 이강이 생각을 읽는 것처럼 무명의 마음속을 헤아리고 대답한 것이었다.

빠른 판단력과 사람의 심중(心中)을 읽는 능력. 창천칠조의 조장을 맡고 있는 남자다웠다.

다음으로 입을 연 자는 키가 머리 하나는 더 크고 비쩍 마른 남자였다.

"산동악가(山東岳家)의 악척산(岳脊山)이다."

그는 간단한 소개를 끝으로 입을 꾹 다물었다.

악척산은 하대를 한 것은 물론, 사대악인과 환관과는 말을 섞기도 불쾌하다는 표정이었다.

안 그래도 키가 큰 자가 삐딱하게 고개를 치켜든 채 딴 곳을 보고 있었다.

명문정파 특유의 거만함이 몸에 밴 자라는 것을 쉽게 알 수 있었다.

다음 차례는 청수한 차림의 여자였다.

"으흠, 나는 정영(鄭英)이오. 점창파의 이대제자요. 그리고… 아니, 그게 전부요."

그녀 역시 흑도 무리와의 통성명을 불편해했다.

정영은 다른 창천칠조 넷과 한눈에 구별이 됐다.

외모가 청수했기 때문이다.

다른 남녀는 눈부신 백의에 청색 두건을 쓰거나 금실을 수놓은 황의를 걸치는 등, 보통 강호인과는 달리 화려한 차림을 하고 있었다.

그에 반해 정영은 뒤로 질끈 묶은 머리에 비녀를 꽂고, 이렇다 할 특징 없는 흰옷을 입어서 오히려 눈에 띄는 것이었다. 정의를 좇는 명문정파인의 상상도(想像圖)가 있다면, 가장 어울리는 자였다.

반면 다음 사람은 강호인이 맞는지 의심이 갈 정도였다.

"난 아미파의 남궁유(南宮瑜)라고 해."

그녀는 가슴 아래까지 길게 내려온 머리카락을 손가락으로 배배 꼬면서 말했다.

연분홍색 옷을 곱게 차려입고, 하는 말마다 분위기를 깨는 여자.

남궁유는 명문정파의 후기지수라기보다는 세상모르고 귀하게 자란 부잣집 따님 쪽이 더 어울렸다.

무명은 그녀가 어떻게 무림맹의 창천칠조에 속하게 되었는지 의아했다.

그리고 마지막.

웃는 눈의 남자가 고개를 숙이며 말했다.

"당문의 당호(唐豪)라고 합니다."

가늘고 길게 찢어진 눈으로 항상 눈웃음을 짓기 때문에 두 눈이 엎어진 반달처럼 보이는 남자.

하지만 백팔룡 무사들을 독으로 처치할 때는 손속에 사정을 두지 않던 남자.

그는 사천당문의 당호라는 자였다.

당호를 끝으로 창천칠조 다섯 명의 소개가 모두 끝났다.

그런데 이강이 피식 웃으며 무명에게 묻는 것이었다.

"뭐, 감상이라도 없냐?"

언뜻 들으면 평소의 그답게 남을 놀리려는 듯한 말.

그러나 무명은 그의 말투가 어딘가 다르다고 느꼈다.

무명은 잠깐 생각한 뒤 말했다.

"유명 세가(世家) 자제가 두 분 있군. 그런데 이분은 소속을 아미파라고 하면서 남궁 성씨를 갖고 있으니, 남궁세가의 여식이면서 동시에 아미파의 속가제자라고 짐작되오. 즉 세가 자제가 세 분이라고 봐도 무방할 거요."

그 말에 창천칠조가 놀란 눈을 한 것은 물론, 제갈성의 눈빛마저 이채를 띠었다.

"그게 전부냐?"

이강이 계속 묻자, 무명은 어깨를 으쓱하며 말을 이었다.

"세가 분을 제외한 다른 두 분도 속가제자가 아닐까 생각하오."

"왜지?"

"법명이나 도명을 쓰지 않고 그냥 이름을 쓰고 있으니, 정식 출가한 몸이 아니라 속가제자로 짐작하는 게 당연하지 않소."

"역시 서생 놈 머리 하나는 잘 돌아가는구나."

이강이 킬킬거리면서 말했다.

"명색이 무림맹의 특수 조직인데 숭산파? 점창파? 허구한 날 구대문파의 말석에 있는 놈들 아니었나?"

두 눈이 없는 그가 창천칠조를 훑듯이 고개를 천천히 돌렸다.

"산동악가도 오대세가에 끼지 못하는 구석탱이 신세인 건 마찬가지. 그나마 남궁세가 아미파 년이 창천칠조라는 이름에 구색을 맞춰주는군. 즉 네놈들은."

이강이 검지로 창천칠조를 가리켰다.

"위세가 예전만 못한 무림맹이 궁색하게 모아놓은 떨거지다."

"뭐라고!"

창천칠조 중 세 명, 장청, 악척산, 정영이 분노하며 소리쳤다.

소림사는 불가이기 때문에 날붙이 무기를 소지할 수 없었다.

창천칠조의 검은 모두 지객당의 한편에 보관되어 있었다.

만약 검을 허리에 차고 있었다면 창천칠조 세 명의 검 끝이 이강의 목을 향해 날아들었으리라.

반면 남궁유는 여전히 나 몰라라 하는 얼굴로 딴청을 했다.

오직 당호만이 이성을 잃지 않은 채 말했다.

"왜들 이러십니까? 저 악당 놈이 입 놀리는 거 한두 번입니까? 부맹주님도 계신데 다들 진정하시죠?"

그러자 이강이 당호를 향해 말했다.

"그중에서 최악은 바로 네놈이다. 구륜사 결전 때, 구륜사에 붙을지 무림맹에 붙을지 간을 보면서 주판질을 하던 사천당문 놈들이 이제 떡하니 무림맹의 일원이 되었다고? 동굴 속의 박쥐가 웃겠구나!"

"…박쥐를 너무 무시하시는군요. 박쥐는 간을 보지 않습니다. 한번 달라붙으면 목이 베이기 전까지 피를 빠는 동물이죠. 그리고."

당호의 가는 눈꺼풀 속에서 칼날처럼 눈빛이 번뜩였다.

"아무 때나 쓰고 버려도 좋은 떨거지 패를 모아놨으니, 설령 일이 실패해도 발을 빼기가 수월하겠죠."

"……."

그 말에 강호제일악인을 자처하는 이강도 입을 다물었다.

독설을 이기는 것은 더욱 심한 독설이다.

당호는 자신과 창천칠조의 처지를 신랄하게 말하는 것으로 이강이 할 말을 잃게 만든 것이었다.

다른 창천칠조 셋이 입을 딱 벌리며 아연실색했다.

남궁유마저 입술을 삐죽 내민 채 제갈성의 눈치를 살폈다.

자신들을 쓰고 버려도 좋은 패라고 비유한 당호.

그의 발언은 무림맹 두 명숙의 뜻을 크게 비하한 것이나 다름없는 것이었다.

제갈성이 싸늘한 목소리로 말했다.

"그만. 더 이상 계속하면 불경죄를 묻겠다."

당호가 고개를 조아리며 뒤로 물러섰다.

"명하겠다. 이강, 무명, 창천칠조는 망자가 출현했다는 개봉(開封)으로 떠나라. 자세한 임무는 전령을 통해 연락하겠다."

"존명!"

창천칠조가 고개를 숙이며 명을 받들었다.

망자 멸절 계획의 제일보(第一步)가 시작된 것이었다.

『실명무사』 2권에 계속…